BUZZ

Publisher ANDERSON CAVALCANTE
Editora LUISA MELLO
Assistente editorial JOÃO LUCAS Z. KOSCE
Projeto gráfico ESTÚDIO GRIFO
Assistentes de design NATHALIA NAVARRO, STEPHANIE Y. SHU
Capa MIRIAM LERNER | EQUATORIUM DESIGN
Preparação MARINA MUNHOZ
Revisão VANESSA ALMEIDA, BEATRIZ GIORGI

Dados Internacionais de Catalogação na Publicação (CIP)
de acordo com ISBD

M511m

Meier, Marcos
Massada: amor e esperança no maior suicídio coletivo da história/
Marcos Meier
São Paulo: Buzz, 2021
208 p.

ISBN: 978-65-86077-86-5

1. Romance histórico. 2. Massada. 3. Suicídio. 4. Comunidade Judaica Sicária. 5. Império Romano. I. Título.

2021-112 CDD 809.3
CDU 82-311.6

Elaborado por Vagner Rodolfo da Silva CRB-8/9410

Índice para catálogo sistemático:
1. Romance histórico 809.3
2. Romance histórico 82-311.6

Buzz Editora Ltda.
Av. Paulista, 726 – mezanino
CEP: 01310-100 São Paulo, SP

[55 11] 4171 2317
[55 11] 4171 2318
contato@buzzeditora.com.br
www.buzzeditora.com.br

MARCOS MEIER

MASSADA

AMOR E ESPERANÇA NO MAIOR SUICÍDIO COLETIVO DA HISTÓRIA

Dedico esta obra a todos os povos que,
em momentos de pesados conflitos,
nos inspiraram por sua bravura e
esperança em busca da liberdade.

1
A fortaleza de Massada 13

2
No templo 15

3
Fretensis 21

4
O sumiço 25

5
Em nome do general 33

6
O grande cerco 39

7
Um destino infeliz 45

8
O pior está por vir 47

9
Pedras de amor e honra 59

10
A corrida 67

11
Dor insuportável 71

12
Estranhos soldados 77

13
O traidor 81

14
Fome 89

15
Desespero 93

16
De volta à fazenda 101

17
Cheia de vida 105

18
Ettore 111

19
A prisão 115

20
Saul 119

21
Despojos 123

22
Ninguém ficará para trás 125

23
Massada 131

24
Uma fortaleza impressionante 135

25
Quinze mil soldados 139

26
Mensageiras da morte 143

27
Um líder na prisão 147

28
Josefo e Alexandre 149

29
Uma proposta irrecusável 151

30
O destino de Alexandre 157

31
Uma nova construção 159

32
A história de Ester 163

33
Cabeça de carneiro 167

34
Eleazar e Hadassa discursam 171

35
Morte silenciosa 175

36
Na torre 177

37
Uma resposta emocionante 179

38
Cesareia Marítima 183

39
A última batalha 187

40
Esperança 191

Minha caminhada 195
Agradecimentos 201

MASSADA

I
A fortaleza de Massada

Hadassa chorava silenciosamente. Benjamin, ao seu lado, não ousava interferir de forma alguma. Desejava abraçá-la e dizer "irmã, nós não vamos morrer, não se preocupe", mas essa sempre fora a missão dela, e naquela noite ambos sabiam que a morte era bem real e estava próxima.

De cima da torre leste os dois podiam observar alguns poucos legionários romanos guardando o muro que circundava o imponente platô de Massada. Estar na muralha daquela fortaleza natural trazia uma sensação de segurança, de que o inimigo jamais chegaria até eles, mas sabiam que não era verdade. Mais de quinze mil soldados sedentos pelo sangue daquele pequeno grupo de judeus não seriam mais impedidos de subir. Do lado oposto da montanha, a rampa estava pronta, as muralhas haviam sido destruídas e a torre de assalto fora posicionada. A manhã logo chegaria, e, com ela, o horror assassino da espada romana.

Talvez fosse hora de ser humilde e pedir ao Criador que seu amado fosse salvo, libertado da prisão e que no futuro pudesse ter uma vida feliz. Que encontrasse uma mulher que o amasse tanto quanto ela o amava. Que tivesse muitos filhos. Sonhava com um último beijo, um abraço acolhedor e sua voz sussurrando em seu ouvido: "Tenha calma, querida, vai dar tudo certo".

Seus devaneios eram constantemente interrompidos por choros e gritos de crianças que, ao lado de seus pais, eram sacrificadas em nome do amor. O terror pairava no ar em meio à fumaça que destruía os últimos troncos de madeira da segunda muralha.

Ela desejava que tudo aquilo fosse apenas um pesadelo, que a qualquer momento despertasse de seu sono e acordasse em um mundo mais justo. Mas não passava de um desejo.

Olhou para as estrelas refletidas nas águas calmas do Mar Salgado[1] e tentou, pela última vez, orar ao Criador. Implorou por sua própria vida, a de Benjamin e a de seu amado. Em seguida, abaixou-se e to-

1 Yam Hamelach, a forma como os judeus chamavam o Mar Morto, significa literalmente "mar salgado".

cou a face molhada de lágrimas de seu irmãozinho. Os dois trocaram um olhar profundo. Queriam mais oportunidades para correr e se divertir nas ruas de Jerusalém. Desejavam ardentemente que a vida não lhes fosse tirada. Então, com uma voz que saiu do fundo de sua alma, acalentou o coração daquele menino amedrontado:

– Sempre há uma saída.

Era primavera, 15 de abril do ano 74 da Era Comum.[2] Aquela data seria lembrada para sempre como o dia do maior suicídio coletivo da história. E a vida, mesmo com todas as suas incertezas, precisava encontrar outro caminho para aqueles frágeis e assustados irmãos. A mensagem que percorreria o mundo e encheria de esperança o coração de milhões de pessoas no futuro não podia morrer ali.

2 A data mais provável da destruição da fortaleza de Massada é 15 de abril de 74 – ou, segundo o calendário judeu, quinto dia do mês de Nisã, primeiro dia da Festa dos Pães Asmos. Como o calendário judaico é lunar-solar, a correspondência com os meses do calendário gregoriano não é exata. A nomenclatura "Era Comum", ou EC, utilizada hoje pelos judeus, equivale a "depois de Cristo", ou d.C.

2
No templo

Quatro anos antes

Hadassa ria ao ver seu irmão correr pelo templo. Mesmo sabendo que não era permitido, o prazer de Benjamin naquela pequena transgressão era tão grande que ela não ousava interferir. As pessoas que presenciavam a cena, constrangidas ao perceber que o menino era filho do administrador do templo, também não o corrigiam.

Mas os ouvidos do pai não aceitaram a correria do caçula.

- Hadassa! Faça-o parar! Vão para casa. Se querem fazer barulho, perturbem os ouvidos de sua mãe, não os meus.

Os dois se deram as mãos e vagarosamente saíram dali. Hadassa se virou e, com um sorriso, provocou:

- Até depois, paizinho.

O pai apenas os encarou, sem dizer mais nada.

Naquela época, não havia construção mais imponente que o célebre Templo de Salomão. Sua grandiosidade fazia com que todos se sentissem como grãos de areia, seres humildes criados por aquele a quem todos os judeus clamavam como único. E, na opinião dos peregrinos, nem Roma possuía edificações comparáveis a esse lugar sagrado.[3]

Descendo as extensas escadarias, Benjamin voltou a extravasar sua alegria pulando os degraus de dois em dois, às vezes até de três em três. Uma senhora que subia devagar parou e os observou. Seu tempo de força e rapidez tinha ficado para trás. Agora, cada degrau era um obstáculo, e a atenção tinha de ser total para que não tropeçasse.

- Ben, dê seu ombro para a viúva Sarah segurar. Eu a pego desse lado. Senhora, apoie-se em nós.

- Minhas crianças, aceito a oferta. Parece que a cada dia alguém coloca mais um degrau nesta escadaria. Como é longa!

Sem entender a brincadeira, o menino disse ser impossível adicionar degraus. As duas riram da ingenuidade dele.

3 O famoso Coliseu romano, também conhecido como Anfiteatro Flaviano, só teve sua construção iniciada por volta de 70 d.C. - mesmo ano em que se passa esta narração -, sendo concluída quase dez anos depois.

– Está de folga hoje? Não vai ter aulas com seu mestre?

– Já tive, senhora. Meu mestre não vai dar as aulas da tarde durante um mês. Ele mencionou algo sobre certas reuniões de que deve participar.

– Hum, como é bom ter um mês de folga, não é? – a mulher disse, olhando carinhosamente para o menino.

– Devíamos ter folga sempre – respondeu Benjamin com um ar indignado.

Depois de deixarem a idosa no pátio do templo, os dois irmãos retomaram a diversão da descida.

– Sabe, Ben, um dia sem uma boa ação é um dia perdido.

– Eu sei. Meu mestre sempre diz isso nas aulas.

– Conte-me o que mais ele diz.

– Hoje ele falou que minha elevação me rebaixa e meu rebaixamento me elev...

Sem que o menino tivesse terminado de falar, um homem parou em frente aos dois com uma expressão de pavor e gritou:

– Morrer! Vocês vão morrer! Todos vão morrer! – urrou enquanto chacoalhava Hadassa pelos ombros, antes de sair correndo escadaria acima.

Muito assustados, sem saber quem ele era ou por que falara aquilo, perderam a alegria e a descontração da descida. Ben agarrou a mão da irmã para que saíssem logo dali.

Longe do templo, ainda com o coração acelerado, Hadassa percebeu que as pessoas caminhavam cabisbaixas, como se algo estivesse errado. O sorriso dos cambistas e dos comerciantes havia sido substituído por medo. E certamente não por efeito das palavras daquele louco.

– Benjamin, vamos conversar com a vendedora de púrpura, ela sempre sabe tudo o que acontece na cidade. Estou desconfiada de que algo ruim vai acontecer.

– O mercado é muito longe, e papai nos disse para ir para casa. Quer ir mesmo assim? Se ele me der bronca, vou dizer que foi você que me levou.

– Não tenho dúvida, você sempre me entrega. Vamos por outro caminho, longe dessa gente lenta.

– Tudo bem, mas papai...

– Vamos rapidinho... Pare de ser chato.

Os dois conheciam tão bem os atalhos em Jerusalém que ninguém poderia chegar antes deles a lugar nenhum, seja qual fosse o destino. Alguns minutos depois, sentados no chão em frente à vendedora, Hadassa perguntou com delicadeza sobre as dificuldades pelas quais a mulher vinha passando e como estavam as vendas. Depois, sem conseguir esconder sua curiosidade, indagou:

– Senhora Areta, por acaso sabe por que as pessoas estão com medo? Ouviu alguma coisa?

– Não sei muito. Ouvi dizer que o general Tito está organizando um grande exército. Várias legiões já estão sob seu comando, e parece que até a *decima Fretensis* foi convocada![4] Tudo indica que ele vem para prender e crucificar todos os sicários.[5]

– Os sicários? Seria bom se matassem todos. São uns ignorantes.

– Querida, não seja tão rude. Eles lutam para que nosso povo seja livre. Os romanos é que estão errados. Agora estão cobrando impostos redobrados em todos os portos, inclusive em Ascalom. Um absurdo. É por isso que a púrpura está mais cara. E pode ficar ainda mais, então é melhor aproveitar. Vai comprar um pouco?

– Não, hoje não. Só estava curiosa.

– Bem, então já sabe, mas não se preocupe, pois os romanos não atacariam Jerusalém. Nós não oferecemos perigo.

Interrompendo a conversa, um jovem comerciante grego desceu de seu cavalo e se dirigiu à vendedora.

– Perdão pelo incômodo. Preciso encontrar bons produtores de vinho, entre outras coisas. Como a senhora sempre me ajuda, vim saber de você.

– Senhor Alexandre, meu caro, como está Ascalom? – perguntou Areta, animada com a presença do ilustre comprador. Depois, virando-se para Hadassa, explicou, sorrindo: – Querida, este é Ale-

4 A décima legião, denominada em latim por *Legio Decima Fretensis*, era uma das mais temidas. Sua fama de bravura e violência era conhecida por toda a região.

5 Os sicários eram assim chamados por usarem a sica, um pequeno punhal de lâmina muito pontuda, fácil de esconder sob as roupas e mortal quando enfiado na base do cérebro, na nuca. Os sicários eram do grupo de zelotes, judeus que prezavam pelas tradições. Os outros grupos principais eram os fariseus, os saduceus e os essênios.

xandre, meu fornecedor de púrpura e outros pigmentos. Ele vem da ilha de Rodes, de uma cidade cujo nome sempre esqueço.

– Lindos. O nome da cidade é Lindos – o homem impostou um pouco a voz para impressionar a jovem. No entanto, diante da beleza de Hadassa, emudeceu.

Em todas as suas viagens, jamais vira uma mulher como ela. Era quase impossível descrever fielmente seu rosto, e talvez quem tenha chegado mais perto de fazê-lo foi Yohanna, a prima da menina, quando disse: "Não é coincidência que seu nome seja Hadassa. Ele significa 'flor da murta', e você é tão bela quanto ela". Essa flor, pequena, branca e perfumada, tem uma beleza exótica, mas sua perfeição e delicadeza a tornam única.

Essa aura de mistério deixou Alexandre encantado. Os olhares dos dois se cruzaram, e um silêncio mágico os isolou de toda a movimentação costumeira das ruas.

Hadassa, constrangida por seus próprios pensamentos a respeito da beleza do rapaz, abaixou a cabeça. Ele era jovem, tinha mãos fortes e parecia ser muito trabalhador. Ao mesmo tempo, seus cabelos cacheados lhe davam graça e seus olhos eram do mesmo verde-claro do Grande Mar.[6] Logo acima da sobrancelha direita havia uma pequena cicatriz inclinada que lhe conferia um ar sério, fazendo com que parecesse sarcástico mesmo quando sorria. Ela gostou do detalhe.

Pela primeira vez na vida, Hadassa sentiu sua pele aquecer como nas vezes em que se secara ao sol logo após se banhar no rio. Aquilo era agradável e ao mesmo tempo assustador. Algo tão novo quanto a atração por um desconhecido deixou sua respiração totalmente alterada.

– Ascalom está bem, os negócios é que não. Os romanos são muito gananciosos – disse o rapaz à vendedora. Depois, desejando causar uma boa primeira impressão em Hadassa, desculpou-se. – Moça, perdoe-me pela minha falta de delicadeza, a pressa prejudicou meus bons modos. Gostaria de saber seu nome, se não se incomodar em dizê-lo.

– Hadassa – respondeu, ainda com a cabeça abaixada, tentando disfarçar um leve sorriso.

6 Assim chamado pelos gregos e na Bíblia, corresponde ao Mar Mediterrâneo que conhecemos hoje.

Ela queria ter dito mais coisas naquele momento, mas uma voz no fundo de sua mente a reprimia: *Hadassa, não aja como uma meretriz. Você é filha de um sacerdote, não pode ficar conversando com homens pela rua, sejam eles quem forem.* O conflito entre as orientações maternas e as novas sensações que experimentava naquele momento era perturbador.

– Você parece tímida. Não se acanhe, não vou importuná-la. Vi que seu irmão gosta de cavalos e já fez amizade com o meu. Impressionante como ele o acaricia sem medo. Parece ter um dom especial.

– Benjamin, saia daí. Não mexa no cavalo – a voz de Hadassa não tinha um tom autoritário, como se não quisesse que seu irmão a obedecesse.

– Deixe-o, Hadassa, deixe-o montar. Menino! – o rapaz ergueu a voz. – Quer montar meu cavalo?

– Eu quero! Sim, é claro que quero! – Benjamin pulava e agitava as mãos descompassadamente.

– Ben, você não sabe montar. É perigoso! – a irmã tentou impedir.

Afastando-se de Hadassa, Alexandre levantou Benjamin até acomodá-lo na sela.

– Pegue as rédeas, segurando com essa mão. Puxe para virar para a esquerda ou para a direita, e desse jeito você faz o animal parar. Nunca force demais para não machucar a boca do cavalo, porque em vez de parar ele pode empinar e derrubar você, entendeu? Quer ir até aquela casa no fim da rua e voltar? Mas não corra e não o faça galopar, é perigoso.

Benjamin não respondeu, mas conduziu o cavalo com perfeição. Sua alegria contrastava com a fisionomia das pessoas por quem passava. Retornou a galope, assustando os transeuntes, mas ainda mais a irmã, que gritava, em pânico.

– Meu Pai Criador, livre-o de qualquer mal! Senhor Alexandre, ajude-o!

Ao se aproximar, Benjamin fez o cavalo parar perfeitamente, como se fosse um cavaleiro experiente.

– Por Júpiter! Você nos assustou. Por que não disse que sabia montar? – perguntou Alexandre, surpreso.

O menino desceu do cavalo com a agilidade de quem está habituado com a montaria.

– Não sabia, aprendi agora. Mas já tinha visto como os romanos montam, só fiz igual. É incrível, muito gostoso! – respondeu, com alegria e agitação.

– Você poderia ganhar muito dinheiro em corridas. É muito leve e corajoso.

Hadassa, assustada com o que tinha acabado de acontecer e receosa de que o grego influenciasse seu irmão, despediu-se da vendedora. Pegando Benjamin pela mão, desobedeceu às regras de sua mãe e se dirigiu a Alexandre:

– Obrigada pelo empréstimo do cavalo, mas precisamos ir. Amanhã estaremos aqui de novo, para buscar um pouco de púrpura.

Ela não precisava comprar pigmentos, mas temia que não voltassem a se ver. Só tomou coragem para sair dali porque se lembrou de uma frase que ouvira de uma de suas tias maternas: "Quando um homem deseja uma mulher, ele sempre dá um jeito de encontrá-la".

– Que moça formosa, é como uma Afrodite entre os seres humanos! De onde ela é? – disse Alexandre para Areta, agitado.

– É filha do administrador do templo, o sacerdote Abbar. Ele é irmão do sumo sacerdote Fanias Ben Samuel. Abbar é um dos líderes mais poderosos, muito respeitado pelo povo. Mas não se aproxime dela. Um gentio jamais poderia se casar com uma judia.[7]

– Casar? Apenas achei-a muito bonita. E, apesar de muito respeitosa, livrou-se de mim tão rápido que nem pude continuar a conversa.

– Senhor, já o conheço há quantos anos? Cinco? Sua boca fala, mas seu coração a contradiz. Vamos voltar a falar de negócios. – Os dois trocaram olhares de cumplicidade.

– Sim. Por favor, se conhecer produtores de vinho de excelente qualidade, diga a eles que tenho interesse em comprar toda a produção. Já tenho compradores em Roma aguardando. Nosso navio está em Ascalom.

– Está bem, assim o farei. Conheço um dos grandes, vou verificar se ele tem estoque ou já vendeu tudo. Terei as informações quando o senhor voltar.

7 Aqueles que não praticam a religião judaica são chamados pelos judeus de "gentios".

3
Fretensis

No caminho de casa, Benjamin falava sem parar sobre o cavalo e sobre como tinha sido incrível montá-lo. Disse à irmã que, se não fosse se tornar um sacerdote, seria um campeão de corridas.

- Eu venceria todos os romanos, os gregos e os sírios!

- É verdade, meu irmão. Você seria um excelente cavaleiro, tanto quanto será um excelente sacerdote.

Os dois entram correndo em casa.

- Mãe, onde está a senhora? Preciso contar uma coisa! - chamou Hadassa.

Moravam em um lugar bem grande, comum entre os sacerdotes abastados. Hadassa e Benjamin procuraram Navit pelos aposentos e a encontraram deitada em seu quarto.

- Mamãe, o povo está com medo. Ouvi dizer que os romanos vão invadir Jerusalém e assassinar todos os sicários, mas acho que vão matar todo mundo.

- Mamãe, mamãe, andei a cavalo! E até corri! Eu podia ser um campeão de corridas. É muito rápido, ele corre muito! Os cavalos...

Benjamin, deixe-me ouvir Hadassa, depois você me conta suas histórias.

Sem interesse naquela conversa, o menino saiu correndo para contar as novidades aos seus amigos da vizinhança.

- Filha, Jerusalém já está nas mãos dos romanos, por que nos invadiriam? Você está se preocupando à toa.

- Não sei, mamãe, no templo tem muito mais gente do que o normal. Estão com medo, implorando proteção.

Hadassa tentou convencer a mãe, mas nada a impressionou. Nem a história do louco nas escadarias.

- Deixe os assuntos de homens para os homens. Seu pai saberá o que fazer. Ele sempre sabe, afinal, é o homem mais sábio que já existiu desde Salomão.

A voz da mãe estava carregada de sarcasmo. Falava do marido sempre com desdém, jamais com carinho. O mesmo acontecia para com as tias de Hadassa, irmãs do marido. Apenas um dos tios, o sumo sacerdote Fanias, tinha outro tratamento - talvez porque enviasse à família presentes caros ou designasse criados para ficar aos serviços da família. Mãe e filha eram gratas a ele por isso.

– Nunca posso decidir nada por mim mesma. Moisés não escreveu que devemos obedecer aos homens. Eu li a Torá inteira, não está lá. Ele disse que devemos honrar pai e mãe, mas isso, apesar da autoridade do pai, não significa que eu jamais possa dar minha opinião.

– Eu já sei. Você sempre me lembra disso.

A mãe achava que Deus em pessoa tinha ensinado Hadassa a ler, pois ninguém que ela conhecesse havia aprendido sozinho aos três anos de idade. Irritada, repreendeu a filha:

– Às vezes, quando você vem com suas opiniões tão elaboradas, tendo a dar razão às minhas cunhadas: sua mente parece uma maldição. E chega de conversa. Venha me ajudar a fazer pão. Palavras não matam a fome.

As duas foram para a cozinha iniciar o preparo dos pães, que seriam assados lá fora, num forno que compartilhavam com alguns vizinhos. A casa tinha seu próprio forno, mas era muito trabalhoso acendê-lo para assar tão pouco pão. Nesses momentos, Navit era muito afetiva com a filha. Fazia carinho em seu rosto, abraçava-a pelas costas enquanto a menina amassava o pão e conversavam longamente sobre diversos assuntos.

A vida da maioria das famílias judias funcionava dessa maneira. A monotonia diária só era interrompida pelo pôr do sol, para logo ser retomada na manhã seguinte. As casas de Jerusalém, construídas sempre com o mesmo tipo de pedra, também reproduziam essa monotonia de certa forma: tinham uma cor amarela esbranquiçada tão única que tinha se tornado uma referência para os viajantes. Para descrever coisas amareladas, diziam: "Uma cor parecida com a das casas de Jerusalém...".

Naquela tarde, a palidez das paredes realçava ainda mais o pôr do sol avermelhado. As pessoas contemplaram o fim do dia como mais uma obra de arte do Criador que tanto veneravam.

Depois de ordenar que os serviçais limpassem e organizassem tudo para o dia seguinte, Abbar e seus ajudantes fecharam as portas do templo e foram embora. O sacerdote também já sabia dos rumores sobre Roma e, assim como a filha, estava preocupado.

Chegando à sua casa, lavou os pés e as mãos e chamou a família para comer. Sentados em volta de uma grande mesa perto da cozinha, reuniram-se para degustar as delícias da noite: pão, figos secos, azeitonas e um guisado de lentilha com pedaços de carne de cordeiro.

O cozido era muito aromático, perfumado por diversas especiarias, então o pai pegava um pedaço de pão, mergulhava no molho e o cheirava profundamente antes de colocá-lo na boca. Os três olhavam a cena e sorriam. Apesar de o pai nunca sorrir, era bom vê-lo fazer algo com tanto prazer.

– Papai, os romanos vão invadir Jerusalém, não é?

– Hadassa, não tire conclusões a partir desses boatos. Você, como mulher, não deve se ocupar desses assuntos. Chega dessa conversa estúpida.

Benjamin, sonolento, já estava se debruçando sobre o prato vazio quando foi levado pela irmã até sua cama.

– Irmã, eu amo cavalos. Quero ser um campeão de corridas. Depois me torno um sacerdote e continuo a estudar o Tanach.[8]

– Agora você precisa dormir, Ben. Amanhã conversamos sobre isso. Boa noite.

Ele se virou de lado e adormeceu de imediato.

Repassando tudo o que tinha acontecido naquele dia, Hadassa foi em direção ao seu quarto. Seus pensamentos a maltratavam com imagens de invasões, mortes, revoltas, sangue... Respirou profundamente, imaginando soldados cercando-a e humilhando-a na frente de todo o povo, e disse a si mesma que preferia morrer a ser ultrajada.

Até que se recordou do sorriso do jovem grego e enfim se livrou por alguns instantes daquelas imagens assustadoras. Ela se lembraria para sempre daquele olhar, daquela ternura. Mas, mesmo

8 O Tanach (também grafado Tanakh) reúne o Antigo Testamento (Pentateuco e os demais textos hebraicos), num total de 24 livros. Embora seja conhecido como a Bíblia hebraica, em português a palavra é empregada no masculino.

em meio a pensamentos bons, a realidade a invadiu mais uma vez, deixando-a triste. A filha de um sacerdote jamais poderia se casar com um gentio. O melhor a fazer era esquecer Alexandre.

Nem aquele turbilhão de pensamentos a impediu de ouvir os pais discutindo mais uma vez. No fim das contas, a mãe apenas abaixava a cabeça e obedecia. A vida era mais fácil assim. Submeter-se era tão natural quanto ser mulher. Quando estavam sozinhos, a mãe até ousava se impor um pouco mais, mas sempre tinha que se calar.

4
O sumiço

Navit Ben Hod era uma mulher que não demonstrava alegria ou empolgação com qualquer acontecimento. As festas religiosas, tão importantes para seu povo, para ela eram apenas motivo para mais trabalho: enquanto todos conversavam e se divertiam, ela tinha de se afastar para cumprir suas tarefas. Mas era visível que a situação estava piorando. Não fosse a presença das criadas, que assumiram todo o trabalho doméstico enquanto Navit permanecia deitada em seu quarto, aquele lar teria desmoronado.

Dia após dia, ela parecia definhar, contradizendo o significado de seu nome – Navit queria dizer "agradável", e Hod, o nome de seu pai, "esplendor". Aquela bela combinação de palavras não condizia com sua figura: fraca, lenta ao caminhar e com um olhar que transbordava dor, era cada vez mais raro ouvi-la falar. Todas as tentativas de Hadassa de fazê-la se abrir tinham sido em vão.

A preocupação da filha, no entanto, contrastava com a empolgação de Benjamin. Como o menino não falava em outra coisa a não ser em cavalos, a irmã o encorajou a pedir autorização para montar, pois o pai explodiria de raiva se descobrisse através de outras pessoas o que ele fizera. O pai vinha tendo acessos de raiva demais, então não era prudente provocá-lo.

– Paizinho, qual sua opinião sobre andar a cavalo? – perguntou Ben, conduzido por sua ingenuidade e pelo incentivo da irmã.

– Cavalos não são tão bons para transportar cargas, é por isso que temos jumentos. Eles estão por toda a parte e são baratos, então para que pensar em cavalos? São caros e inúteis; só servem para carregar romanos estúpidos.

– É que montei um cavalo e as pessoas se admiraram, papai, sou muito bom nisso. Eu até consegui...

– Montou? – toda a animação de Benjamin foi interrompida pelo brado do pai. – Nunca permiti que fizesse isso. Não é digno de um futuro sacerdote. O animal é impuro e, pior do que isso, podia pertencer a um romano. Você não pode se desonrar dessa maneira. Eu o proíbo de montar novamente! Quem foi que lhe emprestou um cavalo para montar? Algum romano com a mente de um porco que queria ver um menino judeu caindo e se machucando? Diga-me. Quem foi?

– Não era um romano, papai. Era grego.

– Grego? De onde veio esse grego?

– Da Grécia – disse em voz baixa, sabendo que não era a resposta adequada, mas não conseguira deixar de brincar.

– Benjamin, respeite o seu pai! Não tolero suas brincadeiras. Você sabe que essas pilhérias o rebaixam. Responda apenas o que lhe é perguntado, sem brincadeiras estúpidas. Vivo lhe dizendo para jamais agir como um tolo.

– Foi um homem que estava conversando com aquela vendedora de púrpura, papai.

– Areta? Aquela enganadora de clientes? O que vocês estavam fazendo daquele lado da cidade? Eu ordenei que viessem imediatamente para cá.

– Nada, papai. A Ha...

– Vocês dois estão ousados demais! – Abbar o interrompeu mais uma vez. – Ficam perambulando pela cidade fazendo traquinagens, tolices. Vou acabar com isso de uma vez por todas. Vamos, o que faziam lá?

– Nada, só fomos conversar com ela para saber por que os romanos estão vindo.

– Ah, mas é claro, afinal ela á a pessoa mais indicada para falar sobre decisões de guerra – retrucou o pai, sarcástico. – Ela é mulher. Uma mulher estúpida como todas as outras. Uma vendedora de rua. Você subiu no cavalo de um cliente dela sem que o homem soubesse?

– Não, ele mesmo me colocou em cima do cavalo para que eu tentasse. Estava sendo gentil.

– Gentil? Que homem sai de outras terras e vem para cá para ser gentil? Ele só quer ganhar alguma coisa, lucrar em cima dos ingênuos. Devia estar com outras intenções, mas sua ingenuidade o impediu de perceber. Agora chega dessa conversa. Nunca mais ande a cavalo! Eu o proíbo. Nunca mais! Entendeu?

– Mas, papai, eu só...

– Chega! Cale-se!

Benjamin obedeceu e se retirou, chorando baixinho. Gostava do pai, mas às vezes sentia muita raiva dele. Se um dia tivesse a oportunidade de cavalgar novamente, não contaria a ninguém. Ele não gostava de ser desobediente, mas aquilo era incrível demais para ser esquecido.

O menino pegou seu material e saiu para tomar as aulas da manhã, que haviam recomeçado. Ele costumava ir ao encontro de seu mestre com muita alegria, porque gostava das lições e sempre aprendia mais rápido que os outros meninos, mas dessa vez foi caminhando devagar, chutando as pedrinhas que encontrava.

Nem o pedaço de pão embebido em mel oferecido pelo mestre conseguiu mudar o humor de Benjamin. Depois de saber da origem da tristeza e perceber que eram apenas besteiras de criança, o homem disse que ser sacerdote o faria muito mais feliz que ser cavaleiro, mas que só o tempo mostraria isso a ele.

Hadassa e Benjamin caminhavam por toda a Jerusalém, mas o mercado era o lugar preferido dos dois. Lá havia pessoas de todos tipos, um prato cheio para a imaginação fértil dos irmãos. Naquele dia, decidiram voltar à tenda de Areta para saber se ela tinha mais informações. Se não descobrissem mais nada, poderiam pelo menos sentir os aromas incríveis que só existiam ali.

Antes que pudesse cumprimentar a vendedora, Hadassa ouviu uma voz aveludada que fez seu coração parar.

- Hadassa. Veio buscar púrpura? - perguntou Alexandre, feliz em encontrá-los.

A menina, mesmo calada e de cabeça baixa, sorria como se não houvesse mais ninguém por perto. A já conhecida sensação de calor e alegria inundava seu corpo. Ela movimentava discretamente a cabeça na tentativa de ver o rosto do jovem, denunciando seu interesse. Benjamin, sem ter percebido a troca de olhares, interrompeu o romantismo do momento:

- Senhor Alexandre, onde está seu cavalo? Por que está a pé? Você o vendeu?

- Acalme-se, menino! O animal estava muito cansado, então vim montando outro, que está logo ali. Que acha dele? Seu nome é Aktina.

- O que quer dizer Aktina?

– Significa “raio” em grego.

– Raios caem toda hora! Ele vai me derrubar, não vai? Não vou montar nele! – brincou o menino. – Parece mais forte que o outro. É mais rápido?

– Imagino que sim, mas nunca fiz o teste de montá-lo enquanto outra pessoa corria com o outro. Não consigo encontrar outro cavaleiro. Conhece algum? – perguntou, olhando na direção de Hadassa.

– Ele não pode mais montar. Nosso pai o proibiu.

– Então não temos escolha a não ser obedecer ao sr. Abbar Ben Samuel. Acertei o nome de seu pai? – seu tom de voz era gracioso, como o de um menino mostrando suas piruetas.

– Como sabe o nome dele? – admirou-se Hadassa, feliz por saber do interesse do rapaz em coisas que diziam respeito a ela.

– Perguntei por aí se alguém sabia o nome do pai da moça mais bonita de Jerusalém. Incrivelmente todos me deram a mesma resposta.

Seu sorriso era encantador, e Hadassa não sentiu vontade de reagir com rispidez, como sempre fazia quando a elogiavam. Mas não podia deixar que Alexandre se sentisse muito à vontade, porque seria mal interpretada pelas pessoas à sua volta.

– Senhor, deixe de gracinhas, ou então serei obrigada a responder com grosserias.

– Meu objetivo jamais foi insultá-la, muito pelo contrário. Estou apenas dizendo a verdade. Vou parar de elogiá-la, se esse for seu desejo, embora não acredite que você seja mesmo capaz de responder com grosserias. – Ele sorriu e se virou na direção de Benjamin. – Por que seu pai o proibiu de montar? Imagino que quer que você se torne um sacerdote como ele, acertei? Sabe, proibi-lo de fazer algo não impede que um dia você tenha um ofício diferente daquele que seu pai deseja.

– Mas eu quero ser sacerdote, senhor.

Enquanto os dois conversavam, Hadassa examinava o tom de voz e cada mínimo movimento de Alexandre. Poderia passar horas admirando tudo o que viesse dele. Quando seus olhos se encontraram outra vez, Hadassa baixou a cabeça imediatamente, sentindo a respiração ficar ofegante. Aquilo era tão sublime que desejou algum dia encontrar um rapaz judeu que causasse nela a mesma sensação que

Alexandre provocava. O pensamento a entristeceu, porque todos os meninos que ela já vira não tinham nem metade da beleza dele.

- Senhor, Josefo[9] está vindo! - um dos empregados de Alexandre os interrompeu.

- Josefo? O que ele quer? O que mais você sabe sobre isso?

- Ele traz recados de Roma. Quer falar com os sacerdotes e exigiu que o povo estivesse presente. Amanhã cedo, no templo. Anunciaram em vários lugares.

Assim que o empregado se afastou, Alexandre voltou-se para Hadassa:

- Imagino que ele tenha vindo tentar algum acordo, não é?

- Odeio esse homem. É um traidor do nosso povo. Entregou aos romanos uma de nossas cidades.

Os judeus não gostavam de Josefo. Alguns anos antes, ele tinha sido o líder da resistência quando os militares romanos Vespasiano e seu filho Tito cercaram a cidade de Jotapata. Acredita-se que Josefo poderia ter vencido os romanos, mas sua falta de experiência fez com que milhares de judeus fossem mortos. Quando não havia mais como lutar, rendeu-se e abriu os portões para o inimigo, entregando não somente a cidade, como também a honra de ser judeu. Depois, para se livrar da morte, aumentou os feitos dos comandan tes a ponto de dizer que os dois muito em breve seriam imperadores. Vespasiano, que tinha sido vitorioso em várias campanhas, certamente o seria, e por lógica o filho seria seu sucessor. Graças a essa "profecia", Vespasiano concedeu a Josefo a cidadania romana e mudou seu nome.

Alexandre espantou-se com a indignação e o conhecimento de Hadassa e quis que a menina refletisse sobre o outro lado da história.

- Entendo sua raiva. Mas talvez esse seja um movimento estratégico, para que o povo judeu não seja massacrado pelos romanos.

9 Tito Flávio Josefo, cujo nome hebraico era Yosef Ben Mattityahu, foi um ex-líder judeu que recebeu a cidadania romana para atuar como historiador e narrar os feitos de seus exércitos. *A guerra dos judeus*, sua principal obra, por muito tempo foi considerada a principal fonte não bíblica dos fatos do primeiro século. Entretanto, historiadores têm apontado incongruências em suas descrições, que talvez se devam ao fato de que Josefo precisava agradar aos romanos com seus relatos, uma vez que sua vida provavelmente dependeu disso.

– Por que nos matariam, se somos uma fonte importante de impostos? Não. Não fariam isso. Acho que virão para matar todos os sicários.

– Mas veja, Hadassa. Assim como eu não consigo distinguir entre um sicário e um judeu comum, os romanos também não conseguem. O povo todo está em perigo. Até mesmo você, que veste roupas tão caras, porque podem pensar que você recebe privilégios ou que enriquece com a coleta de impostos. Não acha?

– Uso as roupas que meus pais me oferecem – respondeu, mas por dentro só conseguia pensar: *Você me acha bonita. E nem estou vestindo minhas melhores roupas.* – A túnica que eu usava quando nos conhecemos foi feita por uma tia. As outras tias, as irmãs de meu pai, disseram que eu não a merecia. Segundo elas, meus conhecimentos são uma maldição.

Alexandre explodiu numa gostosa gargalhada.

– Se você morasse comigo na Grécia, seria considerada uma deusa, e não uma amaldiçoada. Uma pena que elas pensem assim.

– Preciso ir – disse a menina com uma voz triste.

O rapaz tentou inutilmente convencê-la de que o sol ainda estava alto, mas ela já puxava o irmão pelo braço. Despediram-se com carinho.

– Até outro dia, moça. Amanhã, talvez, no discurso do *traidor*.

– Até amanhã, Alexandre.

Ela disse o nome dele com doçura, e ambos desviaram o olhar sorrindo. Aquele era um conflito muito agradável: ser proibida de conversar com um homem e, ao mesmo tempo, sentir-se tão desejada.

Assim que chegaram em casa, Benjamin gritou pela mãe:

– Mamãe, estou com fome!

Dessa vez ela não respondeu. Procuraram em todos os aposentos, mas não havia sinal dela. Navit havia sumido.

– Talvez tenha ido ao comércio – sugeriu assustada uma das servas.

– Não, mamãe não faria isso. Ela jamais sai sem um guarda ou sem a companhia de duas de vocês. Algo mais sério aconteceu.

Hadassa e Benjamin correram até o templo avisar ao pai. A resposta dele, no entanto, foi bem diferente do que a menina esperava.

– Sim, já sei que ela sumiu. Sentem-se aqui. – A forma como o pai agia, com cuidado e carinho, os deixou ainda mais preocupados e ansiosos. – Os homens de Simeão a levaram. Não sabemos ainda o que querem, apenas disseram que vão mandar orientações. Ainda não as recebemos.

Os irmãos permaneceram ali ao lado do pai, tão estarrecidos quanto ele. Benjamin começou a chorar, e Hadassa tentou em vão extrair mais alguma informação.

– Papai, por que esses homens fizeram isso? Espero que o Altíssimo envie raios e pedras sobre as cabeças deles. Que morram todos queimados... Da pior forma possível... – Hadassa alternava palavras de ódio com espasmos de choro.

– Meus filhos, vão para casa e cuidem-se para que nada lhes aconteça. Alguns guardas vão acompanhá-los e ficarão tomando conta da casa. Não saiam de lá até que tudo isso seja resolvido. Receio que estejamos todos em perigo.

– Mas até quando, papai? Esses assassinos nunca descansam!

– Andem logo. Assim que a encontrarmos ela voltará para casa em segurança.

Abbar só voltou tarde da noite, acompanhado de outros dois guardas para substituir os que estavam ali.

A tensão os dominava. Cada barulho, mesmo os muito familiares, como vozes na rua ou cavalos trotando ao longe, fazia com que os irmãos ficassem atentos. Além da preocupação com a mãe, o fato de saberem que os romanos se reuniriam com os líderes judeus no dia seguinte tornava aquela noite quase interminável.

Logo de manhã, o pai partiu para o templo, deixando Hadassa e Benjamin sem muito o que fazer. Embora soubesse que deveriam permanecer em casa, a menina queria descobrir informações sobre o desaparecimento da mãe, e se misturar com o povo no discurso de Josefo pareceu uma boa ideia.

5
Em nome do general

O pátio em que Josefo encontraria o sumo sacerdote era reservado a homens e a líderes religiosos. As mulheres, como não tinham permissão para acessar aquela área, ficavam no pátio ao lado. Hadassa e Benjamin estavam exatamente sob o portal que dividia os dois pátios e aguardavam o discurso. O povo se aglomerava por todos os lados.

Depois de muita espera, a tropa romana entrou ao toque de uma trombeta e posicionou seus estandartes vermelhos. O silêncio era absoluto. A maior preocupação era que um sicário ferisse um daqueles romanos, o que resultaria em milhares de pessoas inocentes mortas.

Os soldados judeus que faziam a guarda do templo também estavam a postos, respeitando uma distância segura da centúria que protegia Josefo. A força e a disciplina romana eram sempre temidas por todos. Depois de certo tempo de manobras e acomodações, o sumo sacerdote iniciou seu pronunciamento.

– Povo de Abraão! Estamos aqui reunidos a pedido do general romano. Ele enviou Josefo como seu representante, para que ouvíssemos suas propostas. Peço que escutem com toda a atenção.

Era visível a irritação dos judeus com o tratamento dado pelo sumo sacerdote àquele que consideravam seu traidor, mas sua postura respeitosa se fazia necessária porque a região estava sob domínio romano, e os revoltosos, incluindo autoridades judaicas, seriam mortos.

Com o povo em silêncio, Josefo tomou a palavra.

– Estou aqui em nome do grande e bondoso príncipe Tito, que pessoalmente me pediu que lhes trouxesse sua mensagem de paz – bradou.

As pessoas, que ainda tinham esperanças de que sua bajulação fosse boato, o vaiaram. Quando o barulho diminuiu, Josefo continuou.

– Como vocês sabem, temos perdido muitos homens numa guerra que não é agradável aos olhos do Altíssimo. Inocentes estão sofrendo, pobres estão cada vez mais pobres e muitas famílias amedrontadas deixaram de plantar ou de cuidar de seus animais como deveriam. Sabemos também que entre vocês há um grande número de revoltosos assassinos que precisam ser condenados pelos crimes cometidos contra os romanos. Muitos de nossos soldados foram covardemente mortos por sicários em emboscadas sorrateiras. Esses crimes não permanecerão sem consequências. O grande general poderia ter ordenado o extermínio de todo o seu povo, sem fazer qualquer distinção, mas me enviou para que possamos, em um acordo de paz, receber os traidores por meio das mãos de vocês.

E então ficou claro que Flávio estava sendo estratégico. Os romanos não sabiam identificar os diversos grupos de judeus; alguns pacíficos, outros fortemente armados. Dentre os primeiros, havia a seita dos nazarenos - também conhecida como "O Caminho" -, cujo líder fora crucificado e, segundo seus seguidores, teria ressuscitado. Como quarenta anos depois ninguém mais tinha visto esse líder, Roma considerava o grupo inofensivo. Também não sabiam reconhecer os seguidores de João, líder de um bando de revoltosos que visava se apropriar do poder do templo. Estes até eram motivo de preocupação, mas seriam desarticulados com facilidade se os membros de outra seita, a dos zelotes, da qual os sicários faziam parte, fossem aprisionados. Havia, por fim, os seguidores de Simeão, que, fortemente armados, também queriam tirar os sacerdotes do poder e ocupar eles mesmos tais cargos, ainda que houvesse derramamento de sangue.

- Queremos o grupo de zelotes - Josefo continuou -, em especial os que carregam a sica e com ela nos matam sorrateiramente. Entreguem esses facínoras a nós, e o grande e justo general saberá o que fazer com eles. Queremos acima de tudo a cabeça de Eleazar, o líder desses sanguinários impuros. Quem o proteger será considerado inimigo de Roma. Esse sicário não pode permanecer vivo. Entretanto, se o povo judeu não se dispuser a atender ao pedido de Tito, haverá consequências sobre todos vocês, pois, assim como nosso general sabe ser generoso e misericordioso, também é justo e severo.

- Flávio Josefo - interveio o sumo sacerdote -, a quem ouso chamar de Yosef, é preciso que compreenda que não estamos protegendo Eleazar nem seus companheiros. Nós também somos vítimas de suas investidas. Lembre-se de que os romanos já foram terrivelmente injustos com um grupo pacífico, os essênios,[10] quando invadiram e destruíram a comunidade de Qumran. Vocês queimaram tudo, inclusive centenas de rolos de pergaminho contendo nossos livros sagrados, até mesmo os escritos por Moisés, que, como o senhor bem sabe, não ofereciam perigo.

O sumo sacerdote tinha conhecimento de todos esses detalhes porque Jessé, seu outro irmão, estivera em Qumran durante o ocorrido, mas conseguiu fugir para o deserto. Carregou consigo apenas dois dos rolos, os livros de Ester e Neemias, enquanto os demais pergaminhos foram escondidos por outros membros da comunidade em grutas próximas. Mesmo sabendo que os textos sagrados foram preservados, Fanias acusou os romanos, na tentativa de colocar o povo contra eles.

- Vocês destruíram todos os rolos, e isso é imperdoável. Seus homens mataram os nossos irmãos essênios, que eram inocentes, e mesmo assim não nos vingamos.

- Sua observação só torna a minha advertência ainda mais séria - Flávio retomou o discurso -, pois para os romanos é impossível diferenciar os justos dos impuros. Como você disse, mesmo os essênios foram atacados. A pedido do misericordioso general, encerro minha fala dizendo que, se não entregarem Eleazar e seu grupo em duas semanas, vocês todos morrerão pelo fio da espada.

O povo reagiu violentamente, dizendo que jamais entregariam irmãos judeus aos invasores romanos e gritavam impropérios a Josefo e à tropa romana ali presente.

- Filhos de Abraão, Isaque e Jacó - gritou Eleazar, para a surpresa geral, sendo protegido pela multidão, que o separava dos romanos. - Percebam o veneno que escorre da boca desse traidor. Ele não apenas entregou milhares de judeus nas mãos dos romanos, como também beijou os pés desses porcos. Beijou-lhes tanto os pés que sua vida foi poupada. Então por que daríamos crédito às suas palavras? Por que Tito não invadiria Jerusalém depois de trucidar nossos

10 Os judeus se dividiam em outros três grupos, segundo suas crenças: os saduceus, que não creem na ressurreição nem em anjos; os fariseus - de que o próprio Josefo fizera parte -, que amam e estudam a lei; e os essênios, que procuravam apenas abdicar das coisas mundanas e viver em comunhão de forma isolada.

melhores e mais patrióticos guerreiros? Sim, sou um zelote. Tenho profundo zelo por Jerusalém, pelo povo judeu e por tudo aquilo que representa nosso Criador, o Senhor dos exércitos.

As pessoas, impressionadas com a coragem de Eleazar, permaneceram em silêncio, ouvindo-o com atenção.

– Ele sempre nos deu a vitória, desde nossa milagrosa saída do Egito, onde vencemos milhares de soldados pela força invisível de nosso Senhor, até agora, quando Ele nos fará vitoriosos novamente. Já deixamos de ser escravos e não podemos voltar a ser! – A estratégia de mencionar o passado glorioso era essencial, porque sempre enchia os judeus de orgulho. – Estamos sendo ameaçados por um inimigo que não teme nosso Deus. Pelo contrário, segue centenas de falsos deuses! Não nos curvaremos. Jamais nos submeteremos a um povo que não reverencia o único e verdadeiro Deus. Eu e meus seguidores preferimos morrer com honra, lutando até mesmo com pedras se a espada nos faltar, que pela velhice debaixo da impureza romana. Não somos traidores como Josefo e não lamberemos as sandálias dos invasores.

Eleazar, projetando ainda mais a voz, continuou:

– Há, sim, facções diversas entre nós, com desejos muitas vezes inconciliáveis, pois nossa opinião é forte, diferente desse filho bastardo que virou suas costas para Jerusalém e fingiu que protegia Jotapata. É um traidor, que não mede esforços para nos entregar aos adoradores de águias. É uma víbora que tenta nos dividir. Se nós, zelotes, somos conhecidos por assassinar esses porcos de forma sorrateira a ponto de enchermos seus corações de medo, é sinal de que estamos no caminho certo. E como têm medo de nós, querem nossas cabeças. Não nos submeteremos. Expulsaremos todos os romanos de nossa terra abençoada, entregue a nós pelo próprio Altíssimo através de Josué. Ou alguém duvida que estamos no lugar correto? Portanto, filhos de Judá, sigam-me e me ajudem a expulsar esse traidor, para que seus pés nunca mais toquem as pedras deste templo erguido por Salomão. O que acontecerá com vocês, povo humilde de coração, que não conhecem uma espada, quando não tiverem quem lute em vosso lugar? Assim que os romanos cortarem nossas cabeças, irão até vocês, os crucificarão e tomarão seus filhos e filhas como escravos.

E levantando ainda mais a voz, concluiu:

– Não nos submeteremos a essa armadilha jamais. Lembrem-se do que Calígula queria: profanar nosso templo colocando uma imagem de Zeus para ser adorada ali dentro. Se não lutarmos contra esses romanos, Tito vai realizar os desejos daquele imundo!

O discurso de Eleazar inflamou os judeus. Em resposta aos gritos raivosos tão assustadores, Josefo e seus soldados saíram depressa pela porta lateral e debandaram para fora das muralhas de Jerusalém. A guerra estava declarada. Tito não perdoaria.

Hadassa, muito assustada com tudo o que vira, confirmou o que vinha sentindo: Jerusalém estava em perigo. E ela precisava encontrar sua mãe antes que fosse tarde.

6
O grande cerco

Assim que o general Tito soube que Josefo não obteve êxito na negociação, mandou chamar os comandantes das legiões e planejou com eles a invasão de Jerusalém. Como a cidade era fortemente guardada por muralhas, decidiram cercá-la para impedir a entrada de alimentos. Dessa forma, enfraquecido pela fome, o povo entregaria Eleazar e seus seguidores.

A estratégia romana de enfraquecer uma cidade por meio de um cerco já havia sido bem-sucedida em muitas ocasiões. Ganhar uma batalha sem perder nenhum soldado é muito mais sábio que vencê-la sacrificando seu contingente. A vitória de Pirro[II] tinha sido uma grande lição: ele vencera, mas a maior parte de seu exército fora dizimada. Tito temia ser comparado a ele, afinal, uma vitória precisa ser laureada pela honra, não ser lembrada pela morte desnecessária de qualquer um de seus soldados.

Mas o que sucedeu em Jerusalém após a aparição desastrosa de Flávio Josefo também era promissor para os romanos: a ganância pelo domínio do templo fez com que grupos rivais, como zelotes e fariseus, começassem a lutar entre si. Eleazar, o "rei" dos zelotes, aproveitando-se da desordem provocada pela fuga desesperada de Josefo, se aproximou ainda mais dos pórticos do templo, já que os guardas daquele local haviam se afastado para confirmar a expulsão dos romanos. Os zelotes, então, correram gritando em direção aos poucos guardas que permaneceram em frente ao templo e os mataram facilmente. O templo estava tomado, e o caos estava implantado.

Outro grupo de revoltosos, liderado por um sujeito chamado João – bastante conhecido por matar milhares de legionários de Tito sem perder nem uma centena de seus homens –, misturou-se

II O rei Pirro, da região grega do Épiro, venceu os romanos na batalha de Ásculo em 279 a.C., mas perdeu praticamente todo seu exército, incluindo seus amigos mais próximos. Hoje a expressão "vitória de Pirro" significa que a pessoa pode vencer ou até ganhar algo, mas o preço pago não vale a pena.

ao povo e, escondendo as espadas por baixo das roupas, aguardava o melhor momento para atacar Eleazar e tomar o controle do templo. As pessoas corriam para todos os lados, sem saber quem era inimigo, quem era sicário ou quem se valia do caos para cometer saques. Havia tantos grupos inimigos tentando o controle do templo e, portanto, da coleta de impostos, que a maioria do povo não conseguia entender nada sobre as batalhas internas.

No meio daquele verdadeiro pandemônio, Hadassa ouviu quando um dos líderes da conquista do templo, amigo de Eleazar e que sempre era visto ao lado dele, gritou para seus soldados:

– Onde estão os filhos de Abbar?

Apavorada com a possibilidade de ser levada por aqueles homens, a menina tomou Benjamin pela mão e correu para um dos pequenos depósitos de cereais anexos ao pátio dos sacerdotes. Os soldados de Eleazar ainda não estavam ali, pois brandiam suas espadas em frente ao templo na tentativa de intimidar alguém que quisesse se aproximar, em especial os homens de João.

Agachados no depósito, o cheiro forte de cevada se misturava ao odor ácido do suor dos dois. Benjamin, vendo pelas frestas da porta a proximidade dos soldados de Eleazar, chorava baixinho. Seus olhos azuis esbugalhados não tinham mais a graça dos sorrisos fáceis nem o brilho da ingenuidade. Não era tristeza, mas puro medo. Encolhido, tomou seus cabelos cacheados e compridos e os segurou tapando a própria boca. Ele tremia.

– O que vamos fazer? Estou com medo. Não quero morrer – as palavras, entrecortadas por pequenos gemidos, tinham sido sussurradas ao ouvido da irmã.

– Acalme-se, irmãozinho. Aqui tem uma saída, um túnel que nos levará até em casa.[12] Venha!

Por sorte, o pai de Hadassa um dia mostrara aquela passagem a ela, mas havia pedido segredo absoluto, ameaçando inclusive cortar a língua da filha. Abbar sabia que ser um sacerdote envolvia muitos perigos e que sua família poderia ser alvo de aproveitadores, então

12 Sob Jerusalém havia uma extensa rede de túneis. Muitos deles só foram redescobertos recentemente.

ensinou aquela rota de fuga caso houvesse necessidade. Esse dia tinha chegado.

– Ben, ajude-me aqui.

No fundo do galpão comprido, os irmãos puxaram vários sacos de cereais até encontrar uma tampa de madeira na parede, que ficava numa altura baixa e se confundia perfeitamente com o revestimento do depósito. Hadassa então afastou um grande jarro, empurrou a tampa e viu o túnel. Era totalmente escuro. Não se enxergava nada além de dois passos de distância. Esgueiraram-se, puxaram alguns sacos de volta, fecharam a portinhola e esperaram que seus olhos se acostumassem à escuridão. Não funcionou. Continuavam sem ver absolutamente nada. Mesmo assim, andaram um pouco para a frente, até poderem ficar de pé. De mãos dadas com o irmão, ela se lembrou das orientações do pai: "Do templo até nossa casa, pegue sempre a esquerda. No fim do caminho haverá uma portinhola. Empurre-a com força e você estará em casa. Se precisar ir de casa até o templo, a direção é a contrária: sempre encoste sua mão direita na parede até o fim do túnel. Para fugir da cidade, vá pelo túnel até o templo, volte dez passos e achará uma pequena porta bem a seus pés, na parede esquerda. O caminho é bastante longo, mas siga em frente e sairá da cidade em segurança. Ninguém, além de apenas alguns sacerdotes, conhece essa passagem. Lembre-se de que todos os outros caminhos e bifurcações são apenas para confundir os intrusos e não levam à lugar nenhum".

Hadassa andava na frente, encostando a mão esquerda na parede. Com a direita, puxava seu irmão ofegante. O cheiro de podridão e umidade, aliado ao frio que fazia ali, tornava a escuridão ainda mais assustadora. Os dois ouviam ratos correndo, mas não podiam gritar se quisessem sair logo dali.

O som das sandálias arrastando pelo chão molhado reverberava no túnel. Estavam no caminho certo? Chegariam a salvo em casa? Seu medo era que estivessem sendo seguidos pelos homens de Eleazar. Ou, pior ainda, pelos homens de João, temidos por serem violentos e sem escrúpulos.

A cada passo Hadassa imaginava que alguns desses soldados repugnantes poderiam tirar suas roupas e abusar dela ali mesmo. Ela jamais veria o rosto dos agressores. Com medo de morrer naquela escuridão, Hadassa pedia a Deus que tivesse misericórdia e permitisse que saíssem vivos dali.

Benjamin, tomado por um medo que jamais sentira, disse à irmã que estava com vontade de urinar. Não adiantou pedir: Hadassa apenas ia em frente, passo a passo, puxando-o com força. Viver era mais importante.

O menino então começou chorar. O líquido quente que escorria por suas pernas enquanto caminhavam fez com que ele imaginasse que o fim de suas vidas estava próximo. Imagens de cavalos e corridas tomavam conta de sua mente, perturbando-o ainda mais diante da possibilidade de talvez nunca mais cavalgar.

Hadassa bateu com força a cabeça no teto, que de repente tinha ficado mais baixo, indicando que o primeiro segmento do túnel terminara. A pancada a fez cair de costas e derrubar o irmão. A menina se levantou no mesmo instante e precisou acalmar Benjamin, que gritava imaginando que seus medos haviam se tornado realidade. Agachados, continuaram caminhando até empurrar a portinha de madeira. O que encontraram foram outros sacos de mantimentos, mas dessa vez os do depósito de sua própria casa. Arrumaram tudo de volta, para que ninguém descobrisse a passagem, e saíram dali.

Já em casa, tentavam em vão se acalmar, e ainda estavam ofegantes quando um grupo de soldados invadiu a residência pela porta da frente. Não havia como escapar.

- Quem são vocês? - gritou Hadassa.

- Eleazar e seu pai nos mandaram aqui para levá-los a Jericó.

- Meu pai? Mentirosos! Vocês querem matá-lo. Ele não os mandaria aqui, ele próprio viria.

- Não temos tempo para explicações. Nossas ordens são para levá-los a seu tio Baruch. Tome, aqui está uma carta de seu pai.

A menina tomou o pergaminho da mão do soldado e leu, reconhecendo a caligrafia do pai: *Hadassa e Benjamin, sigam esses homens até Baruch, em Jericó. Fiz um acordo com Eleazar para que nenhum de nós fosse morto. Vão. Na fazenda vocês estarão protegidos, e logo sua mãe estará lá.*

Tudo tinha ficado ainda mais confuso. Como o pai havia conseguido resgatar a mãe? Por que fugir de Jerusalém? E por que Navit ainda não estava ali com eles se também iria a Jericó? Como percebeu que não teria suas respostas naquele momento, achou melhor obedecer aos soldados.

- Esse menino está fedendo - disse o líder.

- Caímos em uma poça de água suja. Ele precisa tomar banho.

Benjamin se afastou para buscar roupas limpas. Antes, olhou para trás e fitou demoradamente os olhos avermelhados da irmã. Não trocaram um sorriso nem piscadelas dessa vez. Sabiam que a vida que tinham levado até aquele momento nunca mais seria a mesma.

- Sairemos amanhã de manhã, antes do nascer do sol. Estejam prontos. Não carreguem nada com vocês, porque não teremos animais de carga.

Os homens montaram guarda cercando a casa, impedindo qualquer um de entrar ou sair.

7
Um destino infeliz

Eleazar informou ao povo que a tomada do templo tinha sido necessária e que beneficiaria a todos. Fanias e Abbar permaneceriam em suas funções, mas os demais sacerdotes seriam todos destituídos, porque além de serem corruptos, eram desnecessários estrategicamente. Aquela lhe pareceu uma boa tática: se tivesse afastado os dois irmãos, conhecidos pela retidão e por serem terrivelmente rigorosos, mas jamais desonestos, o povo se revoltaria. Afinal, Fanias muitas vezes ajudava pessoalmente as famílias mais pobres - um ato de hipocrisia para alguns, mas muitos conseguiam reconhecer sua bondade. Eleazar queria o povo a seu lado, então não seria sábio tomar o poder e perder a aprovação popular. A cidade agora era dele.

As tropas romanas ainda não haviam chegado, mas todos sabiam que outro grande derramamento de sangue logo aconteceria. Dominando o templo, os sicários controlavam Jerusalém; toda a cidade, portanto, passava a ser inimiga de Roma.

Para diminuir a aversão do povo a seu grupo, Eleazar anunciou que a rotina do templo seria retomada e que ele próprio sacrificaria dois bois e cinco carneiros pelos pecados do iminente derramamento de sangue. Em pouco tempo, ovelhas e bezerros trazidos pelos judeus seriam queimados no altar, para que Deus os concedesse Seu perdão. Como aquilo estava entre os mandamentos do Deus de Israel, não era preciso convencer as pessoas a trazer os animais.

À noite, já havia menos barulho de pessoas gritando, falando e correndo. Ainda se ouvia, de longe, o choro das mulheres que haviam perdido maridos ou filhos na carnificina ocorrida em frente ao templo. Além da dor da perda, elas sabiam que estariam desamparadas dali em diante, tendo de colher com as próprias mãos o trigo em alguma plantação próxima, de forma que não ofendessem o proprietário. Por fim, dependeriam da tsedaká,[13] o que era humilhante. Era um mundo muito difícil para as mulheres.

13 O conceito de tsedaká, muitas vezes erroneamente traduzido como "esmola", equivale, na verdade, à justiça social. É obrigação de todo judeu doar parte de seus ganhos aos mais necessitados.

De madrugada, os soldados bateram à porta e anunciaram:

– Venham logo, não temos o dia todo – disse o líder. – Vamos começar a viagem.

8
O pior está por vir

No templo, Eleazar continuava a estabelecer a ordem. Com as orientações de Abbar, foram feitas as escalas da guarda e determinados os postos de cada um. Ficou decidido que, no dia seguinte, o sacrifício[14] de Eleazar e de todos os zelotes seria oferecido a Deus como prova de que os líderes estavam obedecendo a Torá.

Contudo, a sensação de paz não veio como desejavam. O povo estava agitado, e o medo pairava sobre a cidade.

Um jovem pediu à guarda do templo um momento com Eleazar para lhe dar notícias importantes. Os soldados não o levaram a sério e o enxotaram dali.

- Mas, guardas, a vida de Eleazar corre perigo e a de vocês também!

- É mesmo? Então vamos todos fugir para o Egito! - debochou um dos guardas, gargalhando e incitando os outros a fazer o mesmo.

- Tenho notícias de João e de seu grupo. - Agora se preocuparam.

- Por que não nos disse antes? Venha.

Numa sala reservada, Eleazar e dois soldados fizeram o rapaz contar tudo o que sabia.

- João mc mandou aqui. Elc dissc quc só conscguircmos vcnccr os romanos se estivermos do mesmo lado. Ele tem um exército muito grande e quer que vocês, zelotes, se unam a ele. Juntando forças seremos muito fortes, pois João tem dois mil homens a mais que você.

- Dois mil a mais que eu? - Eleazar riu com escárnio. - Isso não pode ser verdade. Ele está blefando para que eu não o mate. Vá até João e diga que se renda. Assim, eu o farei comandante de uma parte do meu exército, e os soldados deles se unirão aos meus, mas sempre dois de nós com um de João. Sei que vocês não são muitos.

14 Atualmente em desuso, os sacrifícios eram ofertados somente mediante arrependimento real e como uma forma de coibir erros futuros. A morte era uma exigência divina como punição à desobediência. Entretanto, um animal era oferecido no lugar do transgressor e sua morte deveria ser acompanhada pelo culpado para que sua consciência o fizesse pensar: "Deus permitiu que minha vida fosse poupada, mas um animal inocente foi morto por minha culpa". O impacto desse sentimento faria com que o transgressor percebesse a bondade divina e se propusesse a levar uma vida mais fiel a Ele.

– Você está enganado. Somos muito mais fortes que vocês, temos mais armas e mais soldados. Além disso, o povo gosta mais de nós, basta perguntar por aí.

Eleazar sabia disso, mas sempre achou que impor um pouco de medo fazia com que as pessoas obedecessem mais. Pegou uma sica e a colocou na mão do rapaz.

– Leve-a a João e diga-lhe que é um sinal de que honrarei minha palavra se acaso vocês se renderem a mim. Entretanto, se quiserem lutar achando que terão a vitória, seu néscio comandante receberá uma dessas em seu pescoço.

O rapaz saiu correndo dali e se misturou à multidão para que não fosse seguido.

À tarde, encontrou-se com João e lhe deu as notícias, mas o líder e seus homens apenas riram. Havia outros planos que os deixavam confiantes. O pior estava por vir.

Tomando o caminho de Jericó, o destacamento saiu da estrada principal e rumou para o sul para acessar a vicinal que levava à fazenda do tio de Hadassa. A cidade, que ficava no vale do rio Jordão, logo abaixo deles, podia ser vista de longe. A imponente torre de vigia ainda se destacava, como se suas muralhas jamais tivessem sido derrubadas.

Aquele trecho era perigoso. Sempre havia a chance de sofrer um saque. O grupo estava bastante armado, o que poderia assustar possíveis ladrões, mas ainda assim talvez precisassem lutar. A descida era longa, pedregosa e estreita em muitas passagens, e a cavalo a viagem duraria aproximadamente seis horas.

Os cavalos de Hadassa e Benjamin estavam amarrados por uma corda comprida, e o soldado que os puxava agia como se fossem uma carga qualquer.

– Se você soltar o meu cavalo, eu mesmo posso conduzir. Já sei montar, aprendi lá em Jerusalém – Benjamin tentou começar uma conversa.

Os soldados não deram atenção – nem mesmo Hadassa, que ouviu o comentário e cobriu o rosto com o véu, como se o caminho pouco importasse. Para ela, era um grande sofrimento sair de Jerusalém e perder a esperança de rever aquele a quem seu coração desejaria para sempre, além da terrível incerteza sobre o paradeiro da mãe.

Dezenas de homens e mulheres apareceram no pátio em frente à casa principal para receber o grupo. Fossem eles amigos ou inimigos, aquilo indicava que seriam bem tratados – ainda que não passasse de uma forma de proteção, para que ninguém os matasse.

– São de minha família, os filhos de meu irmão, Abbar! Podem entrar. Sejam bem-vindos! – gritou Baruch quando avistou os sobrinhos.

No mesmo instante começaram as gentilezas que comprovavam a grande hospitalidade daquela gente. Ao avistar Hadassa, a filha de Baruch, Yohanna, correu e a ajudou a descer do cavalo.

– Minha flor de murta! Como está linda! Você cresceu. Seu cabelo e suas roupas estão maravilhosos... – A alegria da prima contrastava com a preocupação que Hadassa sentia a respeito da mãe.

– Prima, você também cresceu muito, está linda! E suas bochechas continuam as mesmas.

As feições de Yohanna eram muito peculiares. Quando ria, o canto esquerdo de sua boca se levantava um pouco. Era quase imperceptível, mas lhe dava um ar de alegria e malícia ao mesmo tempo. Ela, embora franzina, era dotada de muita energia, o tempo todo. Quando começava a falar, era difícil fazê-la parar, por isso Hadassa achou por bem interrompê-la – não por falta de paciência, mas pela vontade que sentia de compartilhar a própria tristeza.

– Yohanna, tenho um assunto urgente para tratar com meu tio. Mais tarde colocamos nossos assuntos em dia.

– Titio, onde está minha mãe? Ela já chegou? – perguntou Hadassa.

– Eu é quem pergunto. Vocês se desencontraram?

A menina passou um bom tempo explicando tudo o que acontecera e o mistério que o pai havia criado em torno da chegada da mãe ali na fazenda e a respeito da tomada do templo.

– Hadassa, espero que seu pai realmente saiba o que está fazendo. Não se envia a esposa para longe de si. – Atônito com as informações que a sobrinha lhe dera, Baruch também demonstrava preocupação com Navit e com a segurança de toda a família.

– Sim, titio, obrigada por nos receber. Torço para que minha mãe esteja bem.

O tio correu para deixar todos a par da possível chegada da cunhada e dos cuidados que deveriam ter. Se Jerusalém estava em perigo, eles logo estariam também.

Mais tarde, Hadassa convidou a prima para irem de casa em casa conversar com quem mais estivesse ali. Eram parentes distantes ou famílias de trabalhadores que fabricavam vinho ou azeite e cultivavam muitos outros tipos de alimentos, em especial o trigo.

Hadassa foi muito bem recebida por todos, que se admiraram com sua elegância, sua forma altiva de andar, sua beleza tão particular e a segurança que seu rosto demonstrava. Como os boatos de que a menina possuía grande sabedoria tinham chegado até ali, as pessoas a questionaram sobre textos de Moisés, os quais ela conhecia muito bem. Normalmente ela sentia prazer em participar dessas discussões, porque conseguia articular com destreza os ensinamentos mosaicos,[15] mas tinha perdido a vontade de conversar com quem quer que fosse. Cumprimentar todos os parentes já havia sido um grande sacrifício.

Percebendo a exaustão da prima, Yohanna a levou a seu próprio quarto e deixou que se deitasse em sua cama, uma vez que ainda não tinha sido determinado onde cada um dormiria.

Enquanto isso, Benjamin corria por todos os lados, insistindo em ajudar a dar água e comida aos cavalos. Os soldados retornariam com os animais a Jerusalém em breve, antes do pôr do sol.

Assim que os homens de Eleazar saíram, Baruch mandou matar um pequeno carneiro para servir um banquete em gratidão ao Senhor por ter livrado os sobrinhos do mal. Mais tarde, em volta da fogueira, todos comeram e entoaram canções de louvor, como se nada mais

15 A Lei Mosaica, ou Lei de Moisés, é baseada nos cinco primeiros livros do Antigo Testamento, tradicionalmente reconhecidos como de sua autoria. O conjunto, composto de 613 mandamentos, também é chamado de Torá.

os preocupasse. Hadassa, numa tentativa infrutífera de esquecer Alexandre, cantava baixinho ao lado da prima, que encostava a cabeça em seu ombro. A noite parecia tomada pela paz.

Não demorou para que todos fossem se deitar. Benjamin ficou com os outros meninos num quarto grande na casa principal, e Hadassa dormiu numa cama ao lado da prima. Aquele arranjo a tinha deixado contente, afinal, a alegria contagiosa de Yohanna tornaria tudo mais fácil. Deitadas, as duas falavam sobre como ajudariam o povo a viver melhor se fossem rainhas. Fariam acordos de paz e construiriam uma muralha gigantesca em torno de Jerusalém e de Jericó para que ninguém pudesse estragar a paz nessas cidades. Elas governariam com justiça.

As primas foram as primeiras a se levantar no dia seguinte. No quarto em que estavam, pequenos buracos nas paredes funcionavam como janelas, permitindo que a luz do sol entrasse e as acordasse. A calmaria da manhã foi interrompida por Benjamin, que corria para todos os lados, gritando:

– Cavalos, cavalos! Os soldados estão chegando!

Quando o grupo se aproximou o suficiente, todos a viram. Navit estava a salvo. Hadassa e Benjamin correram na direção da mãe e a abraçaram, mas algo parecia profundamente errado: não havia nenhum traço de alegria no olhar da mãe ao revê-los. Era como se sua alma tivesse sido arrancada. O que viam ali era apenas seu corpo, que respirava, se movia e falava com muita lentidão, balbuciando apenas algumas poucas palavras essenciais.

Hadassa e as outras mulheres decidiram levá-la para um quarto, para que descansasse um pouco. No dia seguinte se sentiria melhor, acreditavam.

Baruch tentou conversar com os homens que a tinham trazido, mas os soldados, impassíveis, apenas pediram pão e água e se dirigiram de volta à estrada, sem nem dizer a que grupo pertenciam.

No outro dia, Hadassa se sentou ao lado da mãe e carinhosamente perguntou o que havia acontecido.

– Mamãe, quem a levou de nós? Quem são esses homens que a trouxeram até aqui?

– Deixe-me sozinha, Hadassa. Estou com sono – a mãe se limitou a responder.

Os dias se passavam, mas a melhora de Navit não vinha. Sua letargia era tanta que as mulheres precisaram se dividir para cuidar dela – inclusive banhá-la, já que não o fazia sozinha. Com muita insistência conseguiram fazê-la sair do quarto e ajudar em algumas tarefas domésticas, que ela realizava de cabeça baixa, tão concentrada no trabalho que não ouvia quando a chamavam.

Duas semanas depois de terem chegado à casa de Baruch, as crianças já haviam se habituado à nova rotina. Ainda assim, Benjamin inventava algo novo todos os dias. Quando Baruch soube que o sobrinho sabia andar a cavalo, chamou-o e pediu que mostrasse suas habilidades. O menino, com a lembrança da desobediência anterior ainda fresca na memória, disse que o pai o havia proibido de montar.

– Então hoje é seu dia de sorte, porque quem manda na minha casa sou eu – o tio riu com sarcasmo.

Benjamin não apenas mostrou que sabia montar, como galopou tão rápido que Baruch decidiu treiná-lo. O objetivo não era fazer dele um cavaleiro vencedor de grandes corridas, apenas competir com os vizinhos e ganhar uma ou outra ovelha como prêmio.

Navit, como já era de esperar, não se opôs. Preferiu, como de costume, ficar calada.

A vida na fazenda de Baruch era muito pacífica. Apesar da tristeza, Hadassa estava conseguindo se adaptar à nova realidade. Às vezes, saía de casa sem que a vissem e caminhava entre as videiras em direção à margem do rio Jordão. Gostava de passar um tempo ali sentada, ouvindo o barulho das águas.

Numa dessas caminhadas, em vez de tomar a direção do rio, decidiu subir uma colina. Avistou de longe um arbusto salpicado de pequenos pontos brancos, que reconheceu como sendo flores de murta. Caminhou na direção dele, motivada pela curiosidade de ver de perto a planta que seu nome homenageava, e descobriu uma gruta cuja abertura dava para o vale. A vegetação cobria a lateral da entrada, impedindo que fosse descoberta. Hadassa encontrou ali o local perfeito para passar horas vendo o rio, as nuvens, os pássaros e outros animais pequenos sem ser interrompida. Era seu refúgio secreto. Decidiu não contar a ninguém sobre a existência do lugar.

Pouco a pouco todos na fazenda se habituaram às saídas de Hadassa logo após o almoço. A menina dizia que precisava de privacidade para meditar, para contemplar as obras do Altíssimo em silêncio, no entanto, como a revolta com seu destino era grande, muitas vezes nem sequer contemplava nada. O desejo de não precisar conversar com ninguém era o que a levava a se isolar. Numa dessas idas à gruta, disse ao Eterno tudo o que estava em seu coração, pedindo a Deus que curasse sua mãe daquela tristeza infinita. Depois, lembrou-se daquele que estava guardado em seu coração:

- Senhor Deus, criador dos céus e da terra, sei que tens poder e que tuas obras são magníficas, então peço a ti, como humilde serva sem valor diante da tua grandeza, que tornes possível que Alexandre se case comigo. Não há outro homem que eu ame como o amo. Se cumprires meu desejo, juro que por toda a minha vida darei graças a ti e divulgarei teus feitos por onde quer que eu vá. E essa será nossa aliança.

Hadassa sabia, porém, que seu pedido jamais seria atendido, porque seus pais a proibiriam, mas resolveu abrir o coração para que seus desejos não ficassem ocultos. Não sabia ser diferente. Não sabia fingir que tudo estava bem. Não conseguia adorar um Deus que não a compreendesse ou que não aceitasse sua sinceridade.

Saiu dali com os olhos marejados e com a alma lavada. Enquanto atravessava o vinhedo, encontrou sua mãe.

- Mamãe! O que está fazendo aqui?

- Estava procurando você. Venha, vamos nos sentar um pouco na margem do rio. Precisamos conversar.

A aparente melhora de sua mãe não parecia bom sinal, apesar de a menina ter desejado aquilo com todas as suas forças. Sentadas sob a sombra de um salgueiro, Hadassa nem suspeitava que receberia ali a notícia mais dura de toda a sua vida.

- Filha, serei direta com você. Não vou responder a nenhuma pergunta, apenas falarei o que decidi que devo lhe contar. Fui sequestrada pelos homens de Simeão. Durante todo esse tempo seu pai tentou negociar com ele, mas o que aquele bandido queria era o domínio do templo. Se o seu pai o ajudasse, eles dominariam tudo, e logo seríamos todos mortos. Seu pai, eu, Fanias e todos os nossos parentes... A sede de Simeão pelo poder é muito grande e o faz agir como animal.

– Por Deus, mamãe, eles fizeram algum mal à senhora?

– Apenas ouça, Hadassa. – Sua mãe desviou o olhar, o que fez com que Hadassa começasse a chorar.

– Não, mamãe. Meu Deus, o que fizeram com a senhora? Oh, não!

– Quando me encontrei com seu pai, ele me explicou que, para salvar minha vida, pediu a Simeão que esperasse alguns dias. Ele estava buscando outra forma de resolver o problema, então tentou um acordo com Eleazar para que ele interviesse.

– E como foi que ele conseguiu? Como ele libertou a senhora, mamãe? Por que lhe fizeram mal?

– Eleazar conseguiu informações de onde eu estava cativa e cercou o grupo com muitos de seus soldados. Ele garantiu a vida de todos se me soltassem, mas mataria cada um deles se alguém me machucasse. Como aqueles que estavam comigo eram em número muito menor, decidiram me libertar. Fugiram rapidamente, e eu fui resgatada.

– O que papai prometeu a Eleazar?

– Você.

– Eu? O que isso quer dizer? – O medo começou a tomar conta de seu coração.

– Você foi prometida em casamento a ele. Era a única maneira de salvar a vida de todos nós.

O impacto daquelas palavras foi ainda maior ao perceber quanto a mãe sofria com o destino da própria filha. Nada poderia ser pior que aquilo.

– Não! – o grito foi abafado por suas mãos, que tentavam conter o choro compulsivo.

Não podia ser verdade. Ele era o oposto do que ela sempre havia desejado. Imaginou-se por um instante ao lado daquele homem, e então seu corpo tremeu, como se estivesse tentando livrar seus ombros do peso da notícia. Por pouco não vomitou ali mesmo na frente da mãe, mas estava tão estarrecida que nenhuma parte de seu corpo conseguia se mover.

– Não! Prefiro morrer a ser a esposa dele! – gritou, enfim, em meio a toda a sua angústia.

– Eu pedi a seu pai que deixasse que me matassem, filha. Como eu poderia sorrir de novo sabendo que tinha sido resgatada por um preço que custaria a sua alegria de viver? Mas para ele essa era a única solução possível. Só assim todos nós poderíamos viver...

– Viver? Que vida terei ao lado daquele monstro, mamãe?

Fez-se um longo silêncio entre as duas. O olhar acusatório de Hadassa constrangeu a mãe, que repetia sem parar que preferiria ter morrido. Ver a filha sofrer a machucava mais que tudo.

Depois da explosão de raiva, a menina decidiu buscar formas de escapar desse destino. Que o Altíssimo fizesse o coração de Eleazar parar, que fosse morto pelos homens de João ou Simeão, que uma espada atravessasse seu ventre... Iria orar todos os dias por isso.

Ao voltar para casa, encontrou Yohanna, que tentou em vão consolá-la. Hadassa reagiu com rispidez, dizendo-lhe que era muito imatura para entender o que significava ser prometida a alguém tão odiável como Eleazar. A prima permaneceu imóvel no pátio, aflita ao ver Hadassa daquele jeito. Tinha ficado magoada, mas sabia que sua flor de murta logo lhe pediria desculpas. Ainda chorando, a menina voltou correndo para a gruta, com a esperança de que ninguém a seguisse.

A dura conversa tinha feito com que a tristeza de Navit se agravasse. Decidiu então se recolher em silêncio absoluto, sem pronunciar mais nenhuma palavra sequer, para que ninguém fosse machucado por elas outra vez.

Conforme o tempo passava, Hadassa aos poucos conseguia afastar de seus pensamentos aquela terrível sina. Acalmava seu coração aflito imaginando que o templo tinha sido atacado e que Eleazar podia estar morto, mas só conseguia sorrir quando se apegava à esperança de um dia voltar a ver Alexandre.

Algumas movimentações estranhas na fazenda também colaboravam para distraí-la de seus problemas.

– Por que vocês estão trazendo todos esses barris para cá? – perguntou Benjamin, curioso.

– Um comprador vai chegar a qualquer momento, e ele quer comprar todo o nosso estoque.

Hadassa prendeu a respiração por alguns segundos, tomada pela expectativa de que seu amado pudesse aparecer. Será que o Altíssimo a tinha ouvido?

– Qual é o nome do comprador? – a menina conseguiu enfim perguntar.

– Ele se chama Ettore, e sempre compra nossos produtos em grandes quantidades. Dessa vez quis vinho, mas também costuma levar outras coisas.

Frustrada, Hadassa se afastou dali depressa, sem ao menos agradecer pela resposta. Por um momento pensou que Deus havia escutado suas preces, e que a mão Dele traria Alexandre para perto dela novamente. *Não foi hoje, mas talvez em outro momento Deus me conceda essa graça.*

Passados alguns dias, uma pequena nuvem de poeira se levantou no horizonte, anunciando a chegada de Ettore. A fazenda foi tomada pela agitação que a vinda de um visitante provocava, e Benjamin, contagiado pela euforia, correu em direção à estrada e subiu em uma árvore para acompanhar a caravana. Hadassa e Yohanna, como todos os outros, tinham suas próprias tarefas, mas não podiam deixar de comentar sobre a empolgação do menino.

O grupo vinha com aproximadamente dez cavaleiros à frente e dezenas de carroças de diversos tipos atrás, as duas últimas lotadas com os suprimentos que eles próprios utilizavam nas viagens. O pelo negro e brilhante do cavalo de Ettore reluzia a distância, e aquela imponência fazia com que todos deduzissem que ele era o líder.

Os comerciantes foram recebidos com água fresca e pedaços de pão com tâmaras secas. Em meio à agitação da chegada, Benjamin gritou:

– É o Aktina! Eu sei que é! Ele olhou para mim. Senhor Ettore, este cavalo pertence a Alexandre! Onde ele está? Ele o vendeu para o senhor? – perguntou o menino, entusiasmado e curioso.

– Alexandre é meu filho, e o cavalo é nosso. Ele está vindo logo atrás, com outros dois homens. Eram responsáveis pela segurança da retaguarda. Logo estarão aqui.

O visitante mal havia terminado a frase e já se viam três cavaleiros ao longe, que galopavam em direção ao pátio levantando bastante poeira. Alexandre, assim que desceu do cavalo, reconheceu Benjamin e o abraçou. Hadassa, mais adiante, se esforçava muito para não demonstrar sua alegria.

- O que faz aqui, rapazinho? Fugiu de seu pai para poder cavalgar? - brincou o homem, com a doçura costumeira na voz.

Ignorando a pergunta de seu velho conhecido, Benjamin pediu para montar Aktina, mas ouviu que o cavalo precisava descansar da viagem. Mais tarde teria permissão.

- Onde está sua irmã? - Alexandre levantou a cabeça para procurá-la na pequena multidão.

- Parece que agora todo mundo só quer saber onde Hadassa está. Que chato! Deve estar por aí.

A menina, percebendo que seria impossível disfarçar a empolgação com a presença de seu amado, afastou-se como se estivesse desinteressada. Alexandre percebeu de longe que era um convite para estarem a sós. O homem ajudou a tirar as selas dos cavalos e a descarregar as carroças. Depois que todos testemunharam seu trabalho, saiu sorrateiramente dali e seguiu na direção do vinhedo.

9
Pedras de amor e honra

Ocultos no vinhedo, correram lado a lado e se distanciaram cada vez mais dos olhares de todos. A vontade dos dois era trocar um longo abraço, mas ali ainda estariam desprotegidos. Hadassa temia que seu nome fosse manchado e que a ousadia prejudicasse a reputação de seu pai. Aquela sua luta interior entre os desejos de seu coração e as leis às quais precisava obedecer era cada vez mais injusta.

O calor, acompanhado do esforço da corrida, fez com que seus corpos ficassem ainda mais febris. A túnica de Hadassa colava em suas costas, dando-lhe a impressão de estar inteiramente molhada. O silêncio foi rompido por ela:

- Venha comigo. Sei de um local secreto.

A caminho da gruta, Hadassa falou de seu medo de jamais voltar a encontrá-lo e de quanto desejou vê-lo pela última vez quando corria aterrorizada pelos túneis em Jerusalém achando que morreria.

A alegria de ouvir que ela ansiava em vê-lo, fez Alexandre sorrir o tempo todo. Sentir a mão de Hadassa colada à sua era um presente inesperado, pois sabia das restrições às quais uma judia era submetida. Ainda experimentando essa sensação de prazer, per guntou-lhe mais uma vez sobre o medo que tinha sentido e sobre a forma como escapou.

- Os túneis realmente existem? Achei que eram uma lenda.

- Existem, sim, e um dia eu os mostrarei a você. Apenas pouquíssimas pessoas, incluindo alguns sacerdotes, os conhecem. Foram construídos há muito tempo para salvar o sumo sacerdote caso algum inimigo invadisse a cidade. Meu pai me ensinou a usá-los para que pudéssemos fugir numa situação de perigo. Sem isso, estaríamos mortos.

- E quais partes da cidade os túneis ligam?

- Há vários diferentes. Um deles liga o templo à nossa casa, outro vai do templo até o exterior das muralhas. Existem mais alguns ainda, mas meu pai não me contou nada sobre eles.

- Como é esse que leva para fora das muralhas?

- Sei que começa sob o templo e passa por baixo da Porta Oriental, da muralha e da estrada e termina em um monte de pedras que parece apenas entulho. Ele é o que fica mais distante das muralhas. Não é fácil encontrá-lo. Fica ao pé do Monte das Oliveiras, e as pedras são muito comuns ali.

– Que incrível isso. Tinha certeza de que isso não passava de uma lenda, como tantas outras. Ninguém mais daqui sabe?

– Não. De todos daqui da fazenda, só eu e Ben sabemos. E você não pode contar a ninguém, está bem?

– É claro, eu prometo. E sua mãe? Já a encontraram?

Hadassa contou que ela fora encontrada e estava ali na fazenda, sem querer sair do quarto, mas não deu muitos detalhes. Alexandre não insistiu no assunto.

Quando chegaram à entrada da gruta, o homem se mostrou muito surpreso:

– Que lugar mais maravilhoso! Não acredito que ninguém o conheça. Dá para ver o vale do Jordão quase inteiro! Este já é o segundo lugar secreto de que você me fala só hoje. – Ele se sentia contente por compartilhar segredos com ela. – Também fiquei com medo de nunca voltar a vê-la e pedi ao Deus desconhecido que permitisse que nos encontrássemos mais uma vez – disse Alexandre, depois de alguns minutos de silêncio.

– "Deus desconhecido"? O que isso quer dizer?

– Já falei dele uma vez, lá no hipódromo. Mas você não prestou atenção, só ficava sorrindo.

– É que você fala de um jeito engraçado – ela riu, provocando-o.

– Talvez esse deus seja o mesmo que o seu, mas nós, gregos, não o conhecemos. Não sabemos nada sobre ele. Temos apenas um altar com a inscrição "Ao deus desconhecido". Sempre imaginei que tivessem construído esse altar como justificativa para o caso de um dos deuses não ser homenageado por puro esquecimento.

– Não sei. Nosso Deus não ficaria despercebido entre seu povo, já que vocês estão tão perto de nós.

A forma como Hadassa falava, com tanto carinho e convicção, só fazia a admiração de Alexandre aumentar. Quando estavam sentados um ao lado do outro, ele envolveu os ombros dela com o braço e a puxou com suavidade. Ela não se opôs, mesmo sabendo que aquilo não era permitido. Diferentemente das outras vezes em que se aproximaram em público, Alexandre percebeu que ela correspondia ao seu interesse e passou a acariciar seus cabelos e sua nuca. Com muito carinho, arranhou suavemente suas costas molhadas.

Aquilo tudo era muito novo para Hadassa. Seu corpo era atravessado por sensações muito agradáveis, alternadas com o desejo de beijá-lo e de esquecer o resto do mundo. Gotas de suor escorriam por seu corpo e a deixavam arrepiada, já que sua pele estava excessivamente sensível.

Os dois pararam de se acariciar quando seus olhos se encontraram. Sem perceber quem tomou a iniciativa, seus lábios se tocaram num beijo que começou suave como um rio calmo e foi crescendo em velocidade, força e desejo até se transformar numa agitada corredeira. O anseio dos dois era o mesmo: que o tempo parasse, que não houvesse regras, limites ou proibições... que nada pudesse impedir a vontade de seus corpos.

A mão direita de Alexandre tocou suavemente os seios dela por cima da túnica, enquanto a esquerda segurava de leve sua nuca, fazendo com que o beijo se tornasse ainda mais profundo. Hadassa não fez menção de se afastar daquelas carícias tão ansiadas. Não queria impedir nenhum movimento do homem que a fazia se sentir desejada. Pela primeira vez, sentiu suas coxas quentes e bambas tremerem, apesar de não estarem cansadas. Sem medo, ela tirou o véu que ainda cobria seus cabelos e se deitou. O homem viu que seus mamilos empurravam o tecido da túnica, apontando para o céu. E era justamente ali que Alexandre se sentia: no céu.

Depois daquele convite, Alexandre jogou de lado sua própria túnica, e Hadassa o puxou para cima de seu corpo, beijando-o com sensualidade e deslumbramento. Cada toque, cada beijo, cada olhar os fazia reencontrar partes de si mesmos no outro.

– Alexandre, leve-me com você. Não me deixe aqui – ela sussurrou com a voz rouca, tomada pela paixão.

– Você será minha. Vou levá-la para Lindos e farei de você minha esposa.

Hadassa o abraçou com força, impedindo seus corpos de seguirem adiante. O conflito entre seu desejo e as regras às quais devia se submeter a fizeram recuar. *Um dia serei inteiramente sua. Rezo para que esse momento chegue logo.*

Percebendo que aquele era um sinal para parar, Alexandre conteve seu ímpeto. Sentiu-se culpado por ter forçado os limites dela, mas Hadassa não censurou sua ousadia. Os dois ficaram um bom tempo deitados lado a lado, olhando no fundo da alma um do outro, e então ali, naquele momento, ele se deu conta de que seu amor era de fato correspondido. Sonhando acordados, imaginavam que nada mais os impediria de viver o resto de seus dias em uma comunhão maravilhosa. Teriam filhos lindos e muitos netos. Sempre fariam o outro rir. Cantariam e dançariam em todas as festas, as judaicas e as gregas. Compartilhariam sonhos, alegrias e dores. Só assim a vida valeria a pena.

Alexandre se vestiu e voltou a se sentar ao lado dela, que já havia recolocado o véu. Os dois sabiam que a decisão de não ir além tinha sido uma grande prova de amor – afinal, dizer não ao desejo significava dizer sim à possibilidade de um novo encontro. Ambos sentiram o mesmo: tinham encontrado o amor verdadeiro.

– Hadassa, sei que nos conhecemos pouco, mas sinto que você não está presente de corpo e alma aqui a meu lado. Tem algo a ver com o que aconteceu com sua mãe? Você não me pareceu muito feliz com a volta dela.

– Não é isso, Alexandre. Pedi muito a Deus para reencontrá-la com vida. Mas ela trouxe notícias muito ruins. – Seu rosto se tornou sombrio à medida que os olhos eram tomados pelas lágrimas. – Meu pai me prometeu em casamento a Eleazar.

Um longo e pesado silêncio se instalou entre os dois. Ouvia-se apenas o som do vento e de alguns pássaros ao longe. Alexandre contraiu o rosto e, sem conseguir esconder sua decepção, mergulhou a cabeça entre os joelhos e abraçou as pernas. Lágrimas tímidas faziam pequenos buracos na terra embaixo do corpo dele.

– Não é justo conosco, Hadassa. Não vou suportar viver longe de você.

– Você sabe que meu desejo é me casar com você. Mas entre nós judeus o pai é quem faz o acordo de noivado.

– Por que você não se rebela? Fuja comigo para Lindos! Faremos uma festa de casamento maravilhosa, para que sua reputação não seja manchada. Ninguém mais irá amá-la como eu a amo. Ninguém a tratará com mais respeito, carinho e honra do que eu. Fuja, Hadassa. Fuja comigo.

Com a voz entrecortada pelo choro, Hadassa prometeu que faria o pai mudar de ideia, mas eles teriam que esperar, já que ele continuava em Jerusalém e ela estava sob a proteção do tio. Assim que possível, enfrentaria seu pai e tentaria convencê-lo a achar outra solução.

Embora ainda estivesse contrariado, Alexandre concordou em esperar. Quando o coração dos dois já estava mais calmo, Hadassa pegou uma pequena pedra do chão e a colocou nas mãos do amado.

- Essa pedrinha simboliza meu amor por você. Sempre que a pegar nas mãos, lembre-se deste momento e da minha promessa: meu amor é só seu. Meu corpo será só seu. Minha vida será sua. Meu futuro está em suas mãos. Você é o homem com quem eu quero viver o resto da minha vida, onde quer que seja.

Alexandre, emocionado, repetiu o gesto. Pegou outra pedra e a colocou nas mãos de Hadassa.

- Que esta pedra seja a prova da minha promessa: eu amarei você por todo o sempre. Nada mais faz sentido sem sua presença. Quero estar sempre ao seu lado, amando-a como nenhuma mulher deste mundo já foi amada.

Os dois se abraçaram e aos poucos foram se distanciando. Voltaram, cada um a seu tempo, para a companhia das pessoas da fazenda. Para o mundo que por um momento tinham esquecido que existia.

- Venha, Benjamin! Aktina já descansou o suficiente - Alexandre gritou de longe para o menino. Depois, ajudou-o a subir em um cavalo e saíram para passear juntos pela região.

Hadassa, quando voltou para casa, foi interceptada pela prima:

- Onde você estava e por que demorou tanto? Parece até que estava chorando! O que aconteceu?

- Prometo contar tudo amanhã. Por enquanto, guarde todas essas perguntas para você e não fale para ninguém que chorei, está bem?

Yohanna assentiu e, como sempre, guardou o segredo da prima.

Sem que ninguém soubesse, Hadassa costurou a pedrinha na barra de seu vestido favorito para que nunca ficasse longe dela.

Na manhã seguinte, os homens de Ettore encilharam os cavalos e carregaram os burros e as carroças com os barris de vinho e os sacos de trigo, preparando-se para a viagem. Toda aquela movimentação tinha deixado as pessoas ocupadas, então Hadassa conseguiu sair sem ser vista. Saiu em direção ao vinhedo, na esperança de que Alexandre a encontrasse e os dois pudessem se despedir a sós. Assim que o viu, certificando-se de que não tinham sido seguidos, deram um longo abraço e trocaram palavras de esperança de um breve reencontro.

- Para onde vocês vão agora, Alexandre?

- Vamos voltar a Jerusalém para vender parte do trigo e depois seguiremos para o porto de Ascalom, onde encontraremos meus irmãos, que estão levando mais produtos. De lá iremos a Roma. Vários comerciantes nos aguardam na cidade. Em seguida é provável que voltemos a Jerusalém.

- Aguardo ansiosamente seu retorno.

E então os dois se abraçaram uma última vez.

O carregamento formava uma longa fila de animais de carga que impressionava pela organização. Depois de algum tempo, a família de Baruch e todos os outros que acompanhavam a partida viam apenas uma pequena nuvem de poeira se dissipando no horizonte. Hadassa olhava fixamente para a estrada. Os ombros caídos denunciavam sua tristeza, mas seus olhos estavam cheios de esperança.

Após o almoço, e uma vez que já tinham cumprido suas tarefas domésticas, Hadassa convidou a prima para uma caminhada.

- Quero que conheça um lugar incrível, mas precisa me prometer que não vai falar dele para ninguém. Será nosso refúgio particular - confidenciou.

Quando chegaram à gruta, Yohanna ficou surpresa. Não entendia como um lugar lindo como aquele tinha ficado tanto tempo sem ser descoberto. Abriu as mãos e, encostando os indicadores e os polegares, reproduziu o formato de uma concha. Hadassa entendeu o gesto e a imitou, confirmando que seu paraíso particular parecia mesmo uma concha. Uma concha secreta.

- Hadassa, agora que me trouxe aqui, sou toda ouvidos. Suas histórias estão seguras comigo.

– Prima, o que tenho para lhe contar é que abri o Mar Vermelho.

Yohanna a princípio não entendeu a metáfora, mas, conhecendo a prima, sabia que a explicação não demoraria a chegar.

– Há um antigo provérbio que diz: "Escolher um companheiro adequado é uma tarefa tão difícil quanto abrir o Mar Vermelho". E eu com certeza encontrei um *companheiro adequado* – enfatizou com deboche e satisfação. – Ele é maravilhoso! Ontem trouxe Alexandre aqui. Conversamos por muito tempo e juramos nos amar para sempre.

Yohanna, atônita, tapou a boca com a mão.

– Meu Deus! Se descobrissem, você estaria arruinada! Não tiveram medo de que alguém os visse?

– Mas é claro que sim! Não consigo nem imaginar o que aconteceria comigo se me encontrassem com um homem que não fosse Eleazar, aquele monstro.

– E o que mais aconteceu? Por favor, conte logo, preciso saber!

– Nós nos beijamos.

– Você parece tão tímida, flor de murta... Mas só parece! – riu Yohanna, deliciando-se com a ousadia da prima.

– Não fizemos nada além disso. Vou me guardar para ele. Para sempre.

– Mas e Eleazar?

– Sei que vou convencer meu pai de que não devo me casar com Eleazar – disse com a voz triste, sem muita convicção. A prima percebeu de imediato.

– Você precisa ao menos tentar.

Ficaram ali mais um pouco, brincando de imaginar que eram rainhas, mas a realidade logo as chamou de volta. Havia diversos afazeres domésticos as esperando fora de seus castelos.

IO
A corrida

Passados alguns dias, Menashe, um dos vizinhos da fazenda, foi até a casa de Baruch e o convidou para participar de uma corrida de cavalos. A competição aconteceria na propriedade ao lado, e vários fazendeiros já haviam concordado em premiar o vencedor com ovelhas. Cada cavaleiro daria uma como forma de inscrição, e seriam sete ao todo, caso ele aceitasse. Baruch impôs a condição de que não houvesse limite de idade para os competidores, e o vizinho concordou.

Quando soube da possibilidade de cavalgar numa corrida, Benjamin correu para pedir a autorização da mãe, mas Navit se limitou a dar de ombros. Percebendo que ela não falaria nada, Ben decidiu pedir a opinião da irmã, em consideração a todo o cuidado que ela tinha com ele.

- Hadassa, sei que corridas são proibidas para quem quer ser sacerdote, mas tenho tanta vontade de competir... Não quero que o papai brigue com você. Acha que posso ir?

A alegria do menino era tão comovente que Hadassa não via como negar aquilo a ele. No entanto, sábia como era, decidiu fazer diferente.

- Ben, você é quem deve tomar essa decisão. Acha que isso é bom para você? Acredita que o Altíssimo aprovaria? Está disposto a desobedecer às ordens de papai? É preciso levar tudo isso em conta antes de decidir, mas o mais importante é assumir as consequências de suas ações. Saiba que papai vai brigar comigo, mas, se isso o faz feliz, vá em frente, irmão. Não deixe que decidam por você.

- Que conversa chata! Era mais fácil quando você só dizia que sim - disse, rindo.

A escolha de Benjamin já tinha sido feita em seu coração, então ele correu até Baruch para dizer que precisava começar a treinar. O tio então prometeu que, se vencesse, o cavalo seria dele.

- Um cavalo só para mim? Vou ganhar, vou ganhar, sim!

Alguns dias foram suficientes para prepará-lo com perfeição. Tinham descoberto qual era o cavalo mais veloz, e o menino conseguiu fazer com que corresse ainda mais. Benjamin e o cavalo estavam prontos.

A corrida tinha sido marcada para o dia da festa de Purim, que coincidia com o aniversário de setenta anos do líder local, o irmão casado de Menashe. Logo de manhã, todos foram para a fazenda vizinha. As crianças brincavam de arco e flecha, enquanto os homens preparavam uma grande fogueira para assar um novilho. As mulheres estavam atarefadas com outros preparativos, incluindo os pães especiais para o dia.

De todas as festas judaicas, Benjamin sempre dizia que a de Purim era a sua preferida. Além das diversas comidas feitas justamente para a data - uma justificativa mais do que convincente -, o clima de alegria e de brincadeira fazia com que a comemoração fosse muito apreciada.

Assim que todos os convidados chegaram, a corrida começou a ser organizada: as árvores pelas quais os cavaleiros deveriam passar foram demarcadas, e pequenos trapos coloridos foram fixados em seus galhos, numa altura adequada para que fossem retirados pelos competidores sem que precisassem descer de seus cavalos. O vencedor deveria apanhar um de cada árvore - sete, no total.

Benjamin não conseguia ficar quieto. Andava de um lado para outro, estudando o trajeto, planejando como faria para mudar de direção gastando o menor tempo possível em cada árvore.

Quando todos estavam montados e prontos para correr, um pastor de ovelhas tocou seu shofar[16], e imediatamente os cavalos saíram em disparada. Benjamin chegou em terceiro lugar à primeira árvore, mas foi muito ágil ao tirar o trapo e conduzir o cavalo até a segunda parada. O animal que ele conduzia certamente não era o mais rápido, portanto não podia perder tempo em nenhuma das manobras. Nas árvores seguintes, a situação se repetiu: ele conseguiu sair em primeiro lugar, mas no caminho seus dois adversários mais rápidos o alcançaram.

Ao chegarem à última árvore, Benjamin foi bastante veloz e abriu uma vantagem considerável. Tudo indicava que chegaria em primeiro, e a expectativa se manteve até quase o fim. No entanto, o cavaleiro que estava imediatamente atrás do menino, percebendo

16 O shofar - uma espécie de corneta feita com chifre de carneiro - era tocado em momentos festivos ou para alertar o povo de algum perigo.

que perderia a corrida, arremessou seu chicote nas patas do cavalo do menino, deixando-o assustado. Benjamin não perdeu velocidade, mas perdeu o controle do animal, que desviou para o lado com medo do que estava acontecendo atrás.

No momento exato em que Benjamin cruzou a linha de chegada em primeiro lugar, seu cavalo tropeçou - o suficiente para derrubar um cavaleiro novato como ele. Quando caiu, o menino bateu de raspão a cabeça em uma pedra, mas levantou muito depressa, pulando de alegria por ter vencido. Sua reação rápida deixou todos os expectadores aliviados.

- Ganhei, ganhei! - gritava, animado, tentando estancar com a mão o sangue que jorrava de sua orelha direita. Sentindo alegria e dor ao mesmo tempo, Benjamin chorava e gritava, rodopiando em um pé só e repetindo que teria um cavalo só para ele.

Hadassa e outras mulheres correram para acudi-lo. Depois de lavarem o ferimento, enfaixaram sua cabeça com panos limpos para que a pressão estancasse a hemorragia. Quando o menino se acalmou, percebeu que havia um grupo de adultos em volta de sua mãe, todos com uma expressão preocupada no rosto, evitando olhar em sua direção.

Uma das senhoras o chamou para perto, para que a notícia fosse dada na presença de Navit e dele. Assim que Benjamin se aproximou do grupo em que sua mãe estava, ouviu de um dos homens mais velhos:

- Menino, houve uma tragédia, e o jovem que o prejudicou será punido severamente. Ele será chicoteado.

- Não! Por que isso? Eu caí sozinho! - se espantou Benjamin, que não havia percebido que o rapaz atrás dele jogara o chicote de propósito.

Depois que as pessoas descreveram a cena, o menino entendeu o que de fato tinha acontecido. Seu tio, então, interveio:

- Bem, esse não é o maior problema. Sua orelha... - fez uma pequena pausa, preocupado com a reação do menino - ... foi mutilada. Um pequeno pedaço dela foi rasgado pelo raspão na pedra. Pouca coisa, é verdade, mas o suficiente para que você não seja considerado apto para o sacerdócio. Como você já deve saber, um sacerdote precisa ter o corpo perfeito.

Todos à volta se constrangeram: uns por se sentirem culpados, outros pelo pesar com a notícia, ou ainda por solidariedade ao menino. Ninguém olhava diretamente em seus olhos.

- Perdão, irmãozinho - Hadassa rompeu o silêncio. - Fui eu quem o incentivei. Se eu tivesse obedecido ao nosso pai, nada disso teria acontecido.

Chorando, puxou-o com delicadeza para um abraço. Os dois se mantiveram assim por algum tempo, até que Benjamin disse baixinho em seu ouvido:

- Não foi sua culpa. Eu tomei a minha decisão, lembra?

Para uma família judaica, com diversos bons sacerdotes entre seus antepassados, a situação era de muita tristeza. Certamente um castigo do Altíssimo. Hadassa esperava que a mãe a tivesse acusado daquela desgraça ou até mesmo batido nela, mas o olhar de desprezo de Navit doía muito mais.

Benjamin, no entanto, não reclamou de nada: seu sonho era ser cavaleiro, e o sacerdócio não seria mais um impedimento. As brincadeiras com os outros meninos fizeram com que ele se esquecesse da orelha depressa, e em poucos dias a ferida já havia cicatrizado por completo. Um deles tentou provocá-lo, dizendo que agora ele seria mais inteligente por ter perdido um pedaço de suas orelhas de burro, mas Benjamin lhe deu um chute no traseiro. O menino não conseguiu revidar, já que o pequeno cavaleiro era muito leve, ágil, e desviava dos ataques com facilidade.

II
Dor insuportável

A notícia terrível ainda não havia chegado aos ouvidos de Abbar. Ainda assim, mesmo que a vida na fazenda parecesse ter voltado ao normal, Navit aos poucos parou de se alimentar.

Muitos eram os palpites sobre o que havia tirado sua alegria. Algumas pessoas acreditavam que o motivo era a decepção pela perda do sacerdócio do filho. Para Yohanna, a tia sofria por não estar em Jerusalém. Mas nada disso importava, já que nenhuma palavra de incentivo tinha conseguido tirá-la dessa condição. Nem mesmo as histórias antigas contadas em volta da fogueira surtiram algum efeito.

Certo dia, Hadassa foi ao quarto da mãe oferecer pão com mel, como fazia todas as manhãs, mas não havia ninguém na cama. Tentou as outras dependências da casa, e não a encontrou em lugar nenhum. Navit havia desaparecido outra vez.

A menina procurou por todos os cantos, até que, numa última tentativa desesperada, foi ao vinhedo, onde haviam tido a derradeira conversa entre mãe e filha. Encontrou-a deitada à beira do rio Jordão, imóvel, sem atender a nenhum chamado. Enquanto Hadassa se aproximava, gritando para que a mãe acordasse e respondesse alguma coisa, sentiu as mãos começarem a tremer e as pernas perderem a força.

– Mamãe! Por favor, mãezinha, fale comigo, acorde! Acorde!

Hadassa se abaixou a seu lado e a puxou para seu colo. O silêncio era como um punhal atravessando seu peito. Desejava ouvir uma última vez aquela voz que a tinha embalado e compreendido em tantas ocasiões. Queria, do fundo de sua alma, ouvir alguma bronca ou ordem que fosse. *Venha me ajudar a fazer pão. Palavras não matam a fome.*

– Mamãe, não se vá! Não me deixe sozinha!

Obedeça, Hadassa, só isso. Obedeça.

Hadassa se aproximou para tentar ouvir sua respiração.

– Isso não é justo, mamãe! Eu amo você, não vá embora!

Não questione o Criador.

A menina então começou a gritar, na esperança de que alguém da fazenda ouvisse e soubesse o que fazer. Talvez alguém fosse capaz de acordá-la.

Hadassa, seu pai é como Salomão.

Alguns parentes vieram correndo em seu socorro. Benjamin a princípio não entendeu a cena que seus olhos testemunhavam. Quando chegou perto das duas e se deu conta do que tinha acontecido, passou a chorar e a agir de forma descontrolada: pulava, girava e se contorcia, com as mãos tapando a pequena boca, que só dizia um "não" atrás do outro. Não queria ver a mãe daquele jeito. Angustiado, ele se abaixava, tocava o rosto da mãe e voltava a se levantar, numa dolorosa repetição dos mesmos movimentos. Sua voz de criança chorava como nunca havia feito antes.

Na mão direita de Navit havia um pequeno caco de cerâmica com a inscrição "Saul". Na outra, um recipiente diminuto. Ela havia se envenenado. Nenhum abraço de despedida; nenhuma última palavra. Aquilo era tudo.

O coração de Hadassa foi tomado por uma raiva enorme.

– Isso é injusto comigo, mamãe! Você não me deu uma chance de pedir perdão! Por que não pediu minha ajuda? Por que não me falou de suas dores, dos males que lhe fizeram? Eu teria dito que nada mudaria meu amor por você! Por que, mãe? Por que não me deu a chance de ajudá-la? – os gritos da menina ecoavam pelo vale. Todas aquelas perguntas eram intercaladas com tapas que ela mesma dava em seu peito, como se a dor das palmadas aliviasse a dor de seu coração.

Em seguida, foi acometida pela culpa.

– Agora entendo, mamãe! A culpa é minha, por não ter compreendido o que você me falou. Você foi salva da morte, e é isso que importa! Eu me caso com Eleazar, mas acorde, mamãe, por favor! Eu me caso com ele, mas não morra, mamãe, não me abandone... Não faça isso comigo!

Hadassa tentava em vão buscar justificativas para aquele pesadelo, mas nada parecia fazer sentido.

– Perdoe-me, mamãe, fui eu quem incentivei Benjamin a cavalgar! A culpa pelo machucado dele não foi sua! Ouça-me, mamãe! – O choro a impediu de continuar. Nunca, em toda a sua vida, tinha sentido tanta dor. Uma dor sufocante, que parecia lhe arrancar as vísceras e lhe rasgar a alma.

À medida que caíam em si, os irmãos começaram a ouvir os comentários que murmuravam a sua volta. "Maldição, maldição!" "Que pecado imperdoável!" "Ela não deveria ter feito isso!" "Uma mulher tão bonita!" "Nem pensou nos próprios filhos!" "Deus não a perdoará!"

– Parem! – Hadassa gritou com todas suas forças, sentindo diversos olhares assustados em sua direção. – Sei que ela não deveria ter feito isso, mas parem de acusá-la! Ninguém aqui conhecia sua dor nem fez nada para aliviá-la. Vocês não têm o direito de julgá-la sem saber o que de fato aconteceu dentro dela. Portanto calem-se! Vocês não são melhores que ela.

O grupo então se afastou, deixando os filhos abraçados à mãe. Hadassa podia adivinhar o que se passava na cabeça de cada um deles: *Pobres coitados, não mereciam essa vergonha.*

Momentos depois, Baruch ordenou que trouxessem panos para envolvê-la e uma tábua para deitá-la. Como de início não souberam o que fazer, levaram-na para o depósito de lenha e a colocaram sobre um balcão. Em seguida as pessoas da família se reuniram para decidir onde enterrá-la.

– Não pode ser junto com nossos antepassados, porque agora ela é impura – disse um dos homens. – É como se tivesse cometido um crime.

– Crime?! – Hadassa gritou. – Qual foi o crime que ela cometeu? Ter sido levada à força por um bando de soldados sanguinários, experimentando todo tipo de trauma? Seu filho sofreu um acidente e não pôde mais ser sacerdote, e sua filha foi prometida em casamento a um bandido! Todos a feriram. E, quando ela estava entre nós, quem a tirou de sua dor? Quem foi capaz de aliviar seu coração? Quem lhe deu alguma esperança? Ninguém! Nenhum de vocês! Nenhum de nós. E ela é culpada? É impura? Bando de hipócritas!

– Acalme-se, Hadassa! – exclamou o tio. – Compreendo sua dor, mas você não tem o direito de opinar sobre o que acontecerá com Navit. Esse direito é nosso, sempre foi assim. Espere e logo saberá o que for decidido.

Ainda sentindo muita raiva, mas com receio de fazer algo de que se arrependesse depois, Hadassa se retirou e foi se sentar no telhado. Jamais abandonaria o sonho de ser ouvida e respeitada, mesmo que aquilo parecesse impossível, já que nenhuma outra mulher conseguira. Mas a cada nova tentativa o peso sobre seus ombros parecia maior.

Ela percebeu quando o irmão se aproximou. Benjamin ficou ali imóvel, sem falar nada ou tocar nela, apenas chorando baixinho. Aquela dor compartilhada os tornava ainda mais próximos. Não era preciso dizer nenhuma palavra.

Os homens decidiram enterrar Navit fora do pequeno cemitério. Temiam que aquele grande pecado fizesse com que todos fossem punidos - o suicídio sempre fora considerado pelos sacerdotes um crime muito grave. Jamais admitiriam que uma impura fosse sepultada ao lado de seus antepassados, cujas honra e memória eram respeitadas por todas as gerações.

Passaram algumas horas procurando um lugar apropriado para o enterro. Encontraram então uma área descampada e arenosa, na qual não crescia nada, e decidiram que a colocariam ali, já que o Criador havia decidido que aquele pedaço de terra não daria frutos.

Nos dias que se seguiram, Hadassa manteve silêncio, numa mistura de dor e protesto. Como ainda precisava de algumas respostas, decidiu conversar com Jessé, outro dos irmãos de seu pai.

- Titio, por que minha mãe segurava um caco de cerâmica escrito "Saul"? - Aquilo não saía de sua mente.

- Querida, talvez eu saiba o motivo, mas a explicação pode deixá-la ainda mais triste.

- Nada mais me machuca, titio. Por favor, me diga.

- Acredito que tenha a ver com a forma como Saul morreu. Ele estava cercado pelos filisteus e não tinha mais saída. Seus três filhos, Jônatas, Abinadabe e Malquisua, haviam sido mortos. Sem esperanças, estava sozinho com um ajudante, então pediu que este o matasse, mas o jovem recusou. Saul se jogou sobre a própria espada para não ser morto pelos mesmos que tinham assassinado seus filhos.

- Então ela escreveu "Saul" para que eu soubesse que não era minha culpa...

- Tirar a própria vida é um grande pecado, você sabe disso. Nada justifica o suicídio. Não há perdão para ele.

- Mas, titio, se o grande Saul cometeu suicídio, por que mamãe é tão julgada por isso? Nosso Deus é justo e muito misericordioso; Ele decidirá o que vai fazer com minha mãe. Não cabe a nós. Por outro lado, sei que ela deveria ter esperado as respostas do Altíssimo para suas dores, como Jó fez.

- Não havia inimigos atrás de sua mãe. Isso torna seu ato diferente do de Saul.

- Atrás, não, mas dentro dela havia muitos.

Os dois passaram um longo tempo falando sobre morte, suicídio, vida, destino, sina e pecado.

- Titio, talvez no futuro eu e Benjamin trouxéssemos alegrias para mamãe - concluiu Hadassa. - Ela deveria ter esperado. Ninguém deveria tirar a própria vida. A dor de quem fica é grande demais... Meu coração jamais estará completo. É uma dor que me corta todos os dias, a todo momento. Não há como explicar. Para mim, a melhor forma de descrevê-la é imaginar que arrancaram com uma faca as minhas entranhas, mas não morri. Mesmo quando não estou chorando, continuo sentindo esse buraco dentro de mim.

Jessé tentou mais uma vez explicar que a morte de Saul não era considerada um suicídio, já que de qualquer forma ele seria morto pelos seus inimigos, mas a resposta da sobrinha foi breve:

- Sempre há uma saída.

Demorou bastante para que a rotina fosse retomada na fazenda. Aos poucos, pequenos momentos de alegria voltaram a acontecer, mas para Hadassa e Benjamin a vida jamais seria igual. Carregariam para sempre a dor de ter perdido a mãe daquela forma.

Yohanna quis saber quem daria a notícia a Abbar, mas ninguém respondeu. Ficou decidido que contratariam algum viajante para essa tarefa assim que possível.

12
Estranhos soldados

Quando Jessé retomou as aulas, uma aparente paz tirou o foco das recentes tragédias. A vida precisava encontrar uma forma de ressurgir das cinzas.

No entanto, numa dessas manhãs, durante a explicação do mestre, as crianças ouviram alguns cavalos se aproximando da fazenda. Mesmo sem serem dispensados por Jessé, os alunos todos correram para o pátio frontal. Hadassa, que estava entre eles, ficou esperançosa, imaginando que aqueles visitantes poderiam levar a seu pai as notícias a respeito da morte de sua mãe e do acidente de Benjamin. Mas logo percebeu que o grupo tinha outras intenções.

Os homens estavam armados com espadas, lanças e arcos, e nas costas levavam aljavas cheias de flechas. Não pareciam ser soldados de Eleazar, ainda assim o medo tomou conta do lugar.

- Todos aqui! - gritou um deles, que aparentava ser o líder. - Queremos água e comida, estamos com fome. E tragam a família do sacerdote Abbar. Temos algumas mensagens para eles.

A fala do cavaleiro afastou o receio de que seriam saqueados. Se sabiam sobre a família de Abbar, certamente não eram estranhos. Depois que os soldados foram servidos, o líder exigiu mais uma vez que a família do sacerdote viesse até eles, mas, assim que Hadassa e Benjamin se aproximaram, os homens quiseram saber a razão da demora da mãe.

- Ela morreu - disse Baruch. - Respeitem seus filhos, estão em luto.

Como a menina de fato usava trajes de luto, perceberam que a informação era verdadeira, e então comunicaram a razão da presença do grupo.

- Viemos para levar a família de Abbar. Ele nos pagou para que os buscássemos.

- E por que vinte e três soldados? - desconfiou Hadassa. Ela sabia que, para subir a Jerusalém, apenas três ou quatro homens seriam suficientes.

- Vejam só, a menina sabe contar! - disse um deles com sarcasmo. - É porque nos disseram que você é muito perigosa, e ficamos com medo. - O grupo todo riu, mas ninguém da família ousou responder.

Ela, que era de fato bastante esperta, desconfiou de que estivessem escondendo algo e sabia que deveria acompanhá-los. No entanto, como estavam em grande número, poderiam fazer o que quisessem ali, e ninguém conseguiria impedir. Restava a ela manter-se alerta.

– Crianças – anunciou o líder, debochando da pouca idade de Hadassa e de Benjamin –, vocês irão naqueles cavalos ali. Aprontem-se logo, já vamos partir.

Os irmãos pegaram roupas extras e decidiram levar pães e figos secos para a viagem. Despediram-se dos mais próximos e desejaram-lhes paz.

– Volte logo, Hadassa. *Shalom*. – Yohanna abraçou a prima com muita força.

– *Shalom*, minha irmã do coração. – E, aproximando-se de seu ouvido, disse baixinho: – Guarde nosso segredo, nossa concha secreta.

– É claro que sim. Volte logo. – Trocaram um longo e triste abraço, que sentiram que poderia ser o último. Sabiam que seria muito difícil encontrarem-se novamente. As mulheres não podiam viajar sem que seus maridos ou pais as levassem. E eles quase nunca as levavam por vontade delas.

Com tudo arrumado, o grupo partiu.

Depois de alguns minutos de viagem, Hadassa percebeu que havia apenas cinco homens no comboio. O restante não seguia com eles. A menina pressentiu que algo estava profundamente errado, e então perguntou ao líder onde estavam os outros soldados. A resposta dele foi que alguns de seus homens tinham recebido a missão de acabar com os traidores, os amigos de romanos.

A expressão "amigos de romanos" soou familiar. Hadassa já tinha ouvido isso antes, pois alguns judeus acusavam seu tio Jessé de ser amigo dos romanos, já que escapara com vida da destruição de Qunram. Uma sensação de medo e impotência a atingiu como um soco em seu ventre. Aproximando-se de Benjamin, disse em seu ouvido:

– Os soldados voltaram para matar tio Jessé, e acho que vão matar todo mundo. Eles nos querem vivos, nós dois, então não o matarão se você correr e avisá-los. Salve Yohanna! Faça uma concha assim com as mãos e ela saberá o que fazer.

Benjamin não hesitou: desamarrou seu cavalo e voltou galopando. Um dos soldados tentou alcançá-lo, mas o menino já tinha conquistado uma boa dianteira. Ao entrar na fazenda, viu que os homens já haviam chegado e tinham reunido todos no pátio outra vez.

– Fujam, fujam, eles vão matar vocês! – gritou, fazendo com os braços esticados para o alto o sinal que a irmã mostrara.

Um soldado o alcançou e o derrubou do cavalo. Depois, amarrou seus pés e suas mãos e colocou o menino deitado sobre a sela. Mesmo com a cabeça forçada para baixo, Benjamin pôde ver as espadas tirando a vida dos primeiros, enquanto os outros corriam para todos os lados. O que se ouvia eram gritos de pavor, pedidos de misericórdia, clamores a Deus e som da morte.

Baruch então atirou uma lança, que atravessou o peito de um dos soldados. Mas aquela foi a única reação possível da família ao ataque, pois a cabeça do patriarca foi lançada ao longe pela espada de um dos assassinos antes mesmo que ele tivesse conseguido preparar outra lança.

Tomado pelo pânico, Benjamin desmaiou.

O grupo de sanguinários matou um a um, e a sede por sangue fez com que continuassem buscando sobreviventes. De longe, avistaram algumas mulheres fugindo pelos vinhedos. Como os cavalos não passavam por ali, três homens correram atrás delas. Eles não tinham misericórdia, e só sossegariam quando as encontrassem e as matassem.

Os outros soldados, depois de saquear os depósitos de alimentos e pegar as poucas armas que havia ali, retomaram o caminho da estrada. O grupo que fora atrás das mulheres não as encontrou, então supôs que elas tivessem se jogado no rio. Juntando-se aos demais, que estavam com Benjamin, em pouco tempo alcançaram o comboio.

– O que vocês fizeram com ele? Benjamin! Vocês o mataram? Assassinos! – gritou Hadassa ao ver de longe seu irmão amarrado e deitado sobre a sela.

– Não se preocupe, menina, seu irmão está vivo. Mortos vocês não valem nada para nós.

Eles então desamarraram Benjamin e o acomodaram novamente na sela, dessa vez se certificando de que o cavalo dele estava bem preso na fila.

– Você está bem? – Hadassa perguntou.

– Eles mataram todo mundo. Mataram! Cortaram a cabeça... – Benjamin falava olhando para o vazio, de forma totalmente monotônica. – O titio, o titio... A cabeça... – o menino repetia as mesmas palavras sem parar. Não parecia conseguir pensar em mais nada.

O estado de choque de Benjamin foi suficiente para que Hadassa entendesse a tragédia que ele havia presenciado. Por quê? Qual era o motivo daquela crueldade?

– Idiotas assassinos! Porcos, miseráveis, podres! Vocês mataram pessoas inocentes! Mataram Yohanna! Ela só tinha doze anos! – Num acesso de raiva, bateu com os punhos fechados no único soldado que estava perto o suficiente naquele momento.

A caravana precisou parar para amarrar as mãos de Hadassa e a amordaçar. No entanto, não foi preciso fazer o mesmo com Benjamin. O menino parecia totalmente desequilibrado, balbuciando frases incompletas:

– Cortaram a cabeça... Mataram... Corra... Lança... Fuja... A cabeça... a cabeça rolou...

13
O traidor

O vazio absoluto da tristeza ecoava em cada passo dos cavalos. Hadassa não conseguia acreditar que estavam todos mortos, e a perda de seus parentes só fazia aumentar a dor ainda vívida da ausência da mãe. Nada mais importava.

A viagem tinha durado algumas horas, mas Hadassa achou que nunca fosse chegar a Jerusalém. Perto da Porta Oriental, o líder ordenou que a desamarrassem.

- Hadassa. Esse é seu nome, não é? Mostre-me a entrada do túnel que leva para dentro das muralhas de Jerusalém.

Aquilo fez o coração de Hadassa petrificar. Como sabiam da existência do túnel? E, principalmente, como sabiam que *ela* sabia? Alguém a havia entregado, e apenas uma pessoa vinha à sua mente. Cada vez que aquele nome ressurgia, era como se uma pontada em seu coração fosse matá-la ali mesmo. *Alexandre.*

Ele era o único a quem Hadassa havia contado tudo aquilo. A decepção da menina só não era maior que o ódio crescente que a invadia. Aquelas informações sigilosas não apenas entregariam os túneis aos inimigos, como tinham custado a vida de dezenas de pessoas na fazenda. Yohanna não merecia ter morrido. *Ele me usou. Grego estúpido, miserável. Traidor. Vou matá-lo com minhas próprias mãos.*

- Não existem túneis, é uma lenda! Vocês devem ser filhos de jumentos. Não sabemos de nenhum túnel ou buraco, seja qual for.

- Bem, então vocês não servem para nós. Homens, cortem a cabeça do menino, já que ele não se cansa de repetir isso!

- Não, não façam nada com ele! - vociferou Hadassa enquanto via o irmãozinho inerte ser retirado da sela. - Eu mostro onde fica o túnel. Mas só conheço a parte interna das muralhas. Não sei acessá-lo pelo lado de fora.

- Ela está mentindo! - disse um dos assassinos. - Cortem a mão do menino, quem sabe assim ela decide falar.

- Se fizerem qualquer coisa ao meu irmão, vocês nunca saberão nada. Eu prefiro morrer!

- Então fale logo, sua imunda! Não provoque nossa ira!

– Levarei vocês até lá se deixarem meu irmão em paz, junto comigo.

O grupo aceitou as condições e levou os dois para dentro de Jerusalém. Hadassa os conduziu até sua casa, para mostrar a entrada pelo depósito de mantimentos, e disse que só conhecia o túnel que levava até o templo, mas que não fazia a menor ideia se havia algum jeito de sair das muralhas por meio dele. Os homens acreditaram que encontrariam a saída quando entrassem.

– Como posso ter certeza que não vão nos matar depois que descobrirem o túnel? – Parada em frente à casa, com as mãos na cintura, Hadassa ainda tentava negociar com seus raptores.

– Já disse que vocês não têm valor nenhum para nós se estiverem mortos, sua vara de salgueiro!

– E para quem valemos algo?

– Um jumento os comprou em troca da informação sobre os túneis. Vocês logo serão levados até ele. Agora pare de falar e mostre logo a entrada!

Havia apenas um soldado de seu pai montando guarda em frente à porta da casa, que se retirou assim que percebeu a invasão. O túnel seria descoberto de qualquer maneira, então Hadassa lhes mostrou o depósito e a portinhola de acesso. Dois homens entraram segurando uma tocha, mas voltaram depois de algum tempo dizendo que os túneis eram enormes e que havia vários deles.

– Não me interessa! Voltem para os túneis e não apareçam até que tenham encontrado o acesso para fora das muralhas. Vamos esperar vocês dois no armazém – bradou o líder.

Os soltados não tiveram escolha a não ser procurar. O que não imaginavam era que a entrada do desejado túnel estava escondida. Os demais fecharam o depósito e organizaram uma guarda em frente à casa.

Enquanto seguiam para a parte sul da cidade – provavelmente para serem entregues ao jumento que os havia comprado, como uma mercadoria qualquer –, Hadassa notou que seu irmão, que estava de mãos dadas com ela, já parecia melhor. Tinha parado de falar frases repetidas e desconexas e apenas caminhava ao seu lado, olhando assustado para tudo. Sem as brincadeiras, a risada solta, a euforia e as observações jocosas sobre tudo, parecia outro menino. Pouco depois, entraram em um armazém úmido e escuro.

– Mandem chamar Alexandre. E desamarrem logo as mãos da "vara" – o líder daqueles facínoras disse a seus homens.

Hadassa nem precisava ter ouvido aquele nome: o traidor era mesmo Alexandre. Aquele que ela acreditou ser o amor de sua vida. Aquele que um dia ela amou. Mas a verdade é que ele se aproximara dela apenas para conseguir informações privilegiadas.

Assim que Alexandre entrou, Hadassa pegou a primeira coisa que conseguiu encontrar – um pote de cerâmica – e arremessou com toda a força na direção dele. O rapaz conseguiu se esquivar do pote, que se espatifou na parede atrás dele, mas não conseguiu impedir o tapa que ela deu em seu rosto, que fez todos gargalharem. Dois capangas então a seguraram e a levaram, juntamente com seu irmão, para fora do armazém.

– Onde está a mãe? Nosso trato era que vocês trariam os três.

– Não vê que a menina está de luto? Ao que parece os lobos da fazenda devoraram a mãe deles. Pergunte à menina, ela deve ter mais detalhes do banquete das feras.

Alexandre fez um sinal com a cabeça para que um dos homens saísse e confirmasse a informação com os dois. Voltou dizendo que a mulher tinha mesmo morrido.

– Bem – disse Alexandre –, aqui está o pagamento. São duzentos denários.[17]

– Não tente nos enganar. O combinado eram trezentos.

– O combinado eram cem denários por pessoa, e eu fui bem claro quanto a isso. Se eu não estabelecesse que eram cem por pessoa, vocês achariam mais fácil trazer apenas a moça e deixariam para trás o irmão e a mãe.

– Mas não fomos nós que a matamos.

– Nem eu. E agora vocês sabem onde estão os túneis e terão grande vantagem sobre seus inimigos. Negócio encerrado. Adeus.

Sem dizer mais nada, Alexandre e seus homens levaram Benjamin e Hadassa a uma pequena casa no fim de uma ruela. Lá dentro, Alexandre abraçou Benjamin e se mostrou solidário.

17 O denário era uma pequena moeda de prata, cunhada pelos romanos, e equivalia ao pagamento de um dia de trabalho. De grande circulação naquela época, era muito desejada, por ser aceita em qualquer lugar.

– Sinto muito por sua mãe, muito mesmo. Espero que a vida possa ser mais leve para vocês do que tem sido até agora.

Benjamin retribuiu o abraço, que durou alguns minutos.

– Alexandre, eles cortaram a cabeça do meu tio. Cortaram! Ela saiu rolando. Mataram todo mundo!

Alexandre o envolveu com ainda mais força e disse que os assassinos se acertariam com a justiça divina por terem agido assim. Benjamin se afastou e foi se sentar em um canto.

Hadassa, que continuava em pé, olhava para Alexandre com todo o ódio que podia sentir naquele momento.

– Hadassa, eu não... – o traidor começou a se explicar, mas foi interrompido por um forte estrondo provocado pela porta.

– Senhor, os homens de Simeão estão procurando os filhos de Abbar. Acho que não encontraram o túnel. Estão vindo para cá! Temos que fugir.

– Venham, senão vocês serão mortos por eles. Depois explico tudo.

Todos saíram depressa da casa, montaram nos cavalos e se dirigiram a uma região perto do templo tomada pelos soldados de Eleazar. Isso fez com que os soldados de Simeão recuassem.

No entanto, sua busca apenas começara e não iria parar nunca, até encontrá-los. Era muito dinheiro. Com a cabeça de Hadassa a prêmio, Alexandre tomou uma decisão. Disse aos irmãos que esperassem até que ele voltasse. Fora dali, a morte deles seria certa, mas naquela casa estariam protegidos por seus guardas. E então se dirigiu ao templo.

Acompanhado de dois de seus homens, Alexandre requisitou uma reunião de emergência com Eleazar. Com muita relutância, o grupo de homens foi levado até ele por alguns soldados.

– Eleazar, vim negociar. Tenho algo que é importante para você e para Abbar.

– Diga logo o que quer! – Eleazar parecia desconfiado.

– Quero proteção para mim e para meus homens e acesso a todas as regiões sob seu domínio. Em troca lhe darei os filhos de Abbar.

Eleazar, que não tinha reagido bem àquela ousadia a princípio, logo se acalmou e aceitou os termos. Alexandre contou em detalhes tudo o que sabia, inclusive sobre o que havia se passado em Jericó.

Ele temia entregar Hadassa para a proteção de outro homem, porque acreditava que era o único capaz de dar a vida por ela. Evitando ouvir as súplicas de seu coração, guiou-se pela razão: era mais seguro, nesse momento, deixar que Eleazar cuidasse dela. Sentia-se culpado por isso, mas o amor que sentia não podia atrapalhar a proteção de que ela necessitava para sobreviver. Saiu do templo de ombros caídos, com lágrimas nos olhos e os lábios contraídos.

Alexandre e seus empregados foram escoltados por outros cinco homens que tinham sido encarregados de buscar Hadassa e Benjamin. Antes de entrarem na casa, porém, pediu-lhes que esperassem um tempo ali fora, pois precisava acertar alguns detalhes com os dois. Despediu-se de Benjamin, orientando-o para a saída, e ficou a sós com Hadassa.

– Sei que está com ódio de mim, mas deixe que eu lhe explique a verdade. Um dos meus homens ouviu soldados de Simeão conversando sobre a necessidade de matar um traidor, um judeu que, segundo eles, era protegido dos romanos. Quando falaram que era Jessé, irmão de seu pai, eu sabia que todos na fazenda seriam mortos, incluindo vocês dois e sua mãe, pois esses facínoras nunca deixam testemunhas. Então fui conversar com Simeão e...

– Você sabia que todos seriam mortos e não nos avisou? Para mim isso é traição.

– Não havia tempo. Os soldados estavam prestes a partir e, mesmo que eu chegasse antes, o grupo chegaria logo em seguida, sem tempo para que vocês fossem salvos. Então tentei comprar vocês como escravos, oferecendo dinheiro a Simeão. Ele não concordou, pois disse que um judeu não escraviza outro, mas que vocês seriam mais valiosos como moeda de troca entre ele e Eleazar. Eu sabia que depois que ele conseguisse o que queria, mataria vocês, pois é mentiroso e assassino. Então tive que mostrar a ele que você tinha um valor estratégico.

– Você disse que eu sabia onde ficavam os túneis – a voz de Hadassa se acalmou.

– Isso. Quando eu contei a respeito dos túneis, ele falou que haveria muitas mortes se aquilo fosse mentira, referindo-se a vocês e a mim. Mas eu sabia que você tinha me falado a verdade. Então negociei a vinda de vocês três, mas infelizmente sua mãe faleceu antes. Acredite, era a única forma de salvar sua vida, minha amada.

Chorando, ela se inclinou e pediu perdão por ter duvidado de seu amor. Com a voz entrecortada pelas lágrimas, continuou:

– Eu estava com ódio de você, mas ainda guardo a pedrinha.

Alexandre sorriu e mostrou a dele.

– Mas as coisas saíram do controle, Hadassa. Certamente os soldados de Simeão querem sua cabeça e vão oferecer uma recompensa para quem a matar. Não há mais nenhum lugar seguro em Jerusalém, e não consigo sair da cidade sem que revistem toda a minha carga. Infelizmente só há uma pessoa que pode protegê-la agora.

Antes mesmo que Alexandre terminasse de falar, Hadassa já sabia do que se tratava.

– Não, não pode ser! Você pretende me levar para Eleazar? – ela perguntava apenas para demonstrar sua indignação, mas, no fundo de seu coração, sabia que aquilo era uma prova de amor.

– Hadassa, minha amada, eu não tenho escolha. Desejo mais que tudo levá-la comigo, mas assim você seria morta e eu não posso perdê-la. Se você for até Eleazar, meu coração se despedaçará, mas você ficará viva. Então, do fundo da minha alma, eu suplico: viva, minha amada! Viva! Por amor a mim, viva.

Os dois trocaram um abraço apertado e demorado, e se dirigiram para a porta com lágrimas nos olhos. Ainda em silêncio, afastaram-se.

Os homens de Eleazar cercaram os dois irmãos e os levaram para o templo. Ao avistarem o pai, correram para abraçá-lo. Abbar então perguntou sobre a esposa, e Hadassa, com a voz entrecortada pelo choro, disse-lhe que ela sofreu um acidente grave ao cair de cima de uma das casas. Olhando para Benjamin com ternura, continuou relatando o acontecido: contou que ela tinha se distraído e tropeçado no beiral, e a queda quebrara seu pescoço. O menino sabia que ninguém mais poderia desmentir a história, já que todos haviam morrido, e entendeu que aquela mentira era melhor para o coração do pai – os dois já tinham ouvido diversos comentários muito negativos a respeito de suicídio vindos da boca dele.

– Oh, meu Deus! Quanta tristeza... Por que tiraste minha esposa de mim?

Hadassa e Benjamin abraçaram o pai, como poucas vezes o tinham feito, e o consolaram por um longo tempo. Ainda havia outra notícia bastante dolorosa que precisava ser dada.

Mais tarde, quando o pai se acalmou um pouco e as lágrimas cessaram, Hadassa tomou coragem e contou sobre o assassinato de todos os outros: Baruch, Jessé, Yohanna... E então Abbar desabou. Deitou-se com a barriga no chão e chorou desconsoladamente pela morte de cada um. Não conseguia entender por que os homens de Simeão tinham sido tão perversos sem que houvesse nenhuma razão para isso.

O sacerdote orou para Deus, questionando-o por tantas desgraças em sua vida, e pediu que o Altíssimo o levasse. Não queria mais viver. Mas no meio de seu desespero inconsolável, Abbar viu a orelha de Benjamin.

– Não! Não me diga que você foi mutilado!

Seu olhar aflito implorava para que não fosse verdade. Puxando Benjamin para perto, pôde confirmar: seu filho nunca seria um sacerdote.

– Papai, eu desobedeci a Hadassa e ao senhor e participei de uma corrida de cavalos. – O menino tinha decidido assumir a culpa para que a irmã não fosse prejudicada.

– Maldição! Por que me desobedeceu? Por que trouxe essa tristeza à nossa família? – sua voz transmitia ao mesmo tempo raiva e decepção. – Você seria um sacerdote muito sábio.

Olhando para os céus, Abbar continuava a lamentar:

– Meu Pai, o que queres de mim? Sei que não consegui evitar que teu templo fosse tomado, mas por que levaste minha esposa e meus irmãos? Por que deixaste essa desgraça recair sobre meu filho? Por que fizeste isso comigo? Não me testes como fizeste com Jó. Tem misericórdia de mim!

As crianças o envolveram em um novo abraço demorado, até que Eleazar os chamou para dentro. Estariam mais protegidos longe dos olhos do povo.

O novo líder do templo tentou consolar Abbar com frases vazias, dizendo-lhe que Deus o havia presenteado com dois filhos e que deveria ser grato por isso. Hadassa, geniosa como era, mandou-o comer capim. Não era um momento de reflexões, e sim de luto.

14
Fome

Quando parecia que a cidade estava recobrando a sua calma, ouviu--se um grande estrondo no templo. Logo em seguida, foi possível ver o muro do Pátio dos Sacerdotes se espatifando sob o impacto de uma grande rocha. O pânico foi geral, afinal, outra pedra daquelas poderia ser lançada em seguida. E foi o que aconteceu: um novo impacto, dessa vez no muro próximo às escadarias. Dezenas de pessoas foram atingidas por estilhaços, muitas delas feridas com gravidade ou até mortas.

O povo gritava que os romanos haviam chegado, mas aquelas pedras não pareciam ter sido lançadas de fora das muralhas. O inimigo estava dentro de Jerusalém. Não demorou para descobrirem que era um ataque de Simeão, vingando-se de Eleazar e seu grupo por ter sido enganado quanto aos túneis. O contra-ataque foi preparado e recebido por uma chuva de flechas. A guerra interna piorara.

À noite, dois dos homens de Eleazar que estavam à paisana no meio da multidão conseguiram se aproximar o suficiente das duas pequenas catapultas e lançaram flechas incendiárias sobre elas. Uma foi severamente danificada, mas a outra foi salva pelos agressores, que conseguiram água para apagar as chamas.

Quando os dois soldados voltaram ao templo, fizeram um relato pormenorizado do que viram. Havia milhares e milhares de homens sob o comando de Simeão. Por isso, os arqueiros acreditavam que a aliança de Eleazar com outros grupos seria insuficiente para derrotá-los.

Era preciso chegar a um acordo de paz antes que os romanos chegassem - o verdadeiro e mais poderoso inimigo estava fora das muralhas. Mas nenhum dos grupos queria ceder.

No outro dia, as quatro maiores legiões romanas cercaram Jerusalém. Havia espiões do general Tito na cidade, que relataram o caos instalado dentro dos muros. Chamando a atenção de seus homens, discursou:

- Legionários! Sei que a vontade de vocês é entrar agora e acabar com nosso inimigo de uma vez por todas. Mas temos notícias de que os miseráveis estão lutando entre si pelo poder sobre o templo.

O melhor a fazer é aguardar até que uma grande parte deles se mate, poupando assim alguns dos nossos guerreiros. Além disso, nosso cerco impedirá a entrada de qualquer tipo de alimento, o que os fará enfraquecer. Quando não puderem mais andar, de tão fracos, invadiremos as muralhas e os exterminaremos definitivamente. Isso tudo sem perder nenhum dos nossos, pois mil deles não valem um homem nosso!

O entusiasmo do general motivou as tropas, e as legiões iniciaram os preparativos para permanecer no cerco por muitas semanas ou até meses.

A casa em que Abbar e seus filhos foram alojados era protegida por vários soldados. Ficava muito próxima à sua antiga residência, que não poderia mais ser recuperada sem que houvesse derramamento de sangue. Pouco antes de irem dormir naquela noite, Eleazar foi conversar com eles.

- Abbar, este lugar é seguro para vocês por enquanto, mas estejam sempre preparados para mudar de esconderijo assim que algum dos meus homens os chamar.

A preocupação com o futuro casamento era insignificante naquele momento, então Hadassa mantinha silêncio. A proteção que estavam recebendo de Eleazar era de um valor incalculável.

A cada nascer do sol, novos problemas eram relatados pelo povo aos seus líderes - Abbar e Fanias, designados por Deus, e Eleazar e João, líderes estratégicos. A comida já começava a faltar na maioria das casas, e os moradores exigiam soluções. Sua vontade era matar romanos imediatamente, mas isso não podia acontecer sem que as facções internas terminassem a guerrilha ou fizessem um acordo de paz para lutar unidas contra o inimigo comum. Ataques e contra-ataques internos continuavam a levar o caos ao povo, que clamava por paz.

O cenário era desolador: homens de ambos os exércitos invadiam as casas em busca de suprimentos, dizendo às famílias que todos morreriam caso os soldados estivessem fracos para a guerra. Aquele que escondesse comida seria morto.

Com a fome tomando conta da cidade, pessoas andavam por todos os cantos procurando lixo ou qualquer coisa que pudesse servir como alimento. Numa inútil tentativa de aplacar a fome, as pessoas até mesmo arrancavam o capim que crescia entre as pedras.

A cidade estava devastada. Muitos diziam que Deus a havia abandonado e que os pecados dos sacerdotes estavam sendo castigados, porque tamanha ira não devia ser resultado de erros do povo, e sim de pessoas importantes.

Não demorou para que vizinhos começassem a lutar entre si, acusando uns aos outros de esconder alimentos. Ameaças de todos os tipos serviram para enfraquecer a cidade como um todo. As brigas quase sempre terminavam em mortes.

Abbar e seus filhos recebiam sua cota de mantimentos todos os dias, e Hadassa se sentia culpada por poder comer enquanto o povo sucumbia. Certa noite, ouvindo o lamento de uma criança, entregou seu jantar para a mãe dela, que mordeu um pedaço do pão e repartiu o restante entre a filha e seu irmãozinho, que já estava desfalecido e não conseguia nem mesmo chorar. A cena fez com que Hadassa ficasse muito impressionada e fosse conversar com Eleazar.

– A estupidez de vocês é tão grande! Por que não fazem logo um acordo de paz e lutam juntos contra os romanos? O que os impede? É a vontade de ser chefe de um templo que não mais existirá se continuarem brincando de liderar? Um verdadeiro líder protege seu povo em vez de deixá-lo morrer de fome em nome do poder.

A ousadia de Hadassa não foi bem recebida por Eleazar. Sentindo-se humilhado na frente de seus soldados, ele não lhe respondeu e ordenou que a retirassem de sua presença. Entretanto, a pressão de seus próprios homens aumentou: exigiam que os romanos fossem atacados.

Horas depois, chamaram Hadassa de volta, para que indicasse a localização dos túneis. Como Abbar tinha dificuldade para arcar as costas, permitiu que ela mostrasse onde ficavam. O plano era atacar os romanos furtivamente à noite, equipados de tochas, flechas, espadas e de toda sorte de armas. Hadassa foi à frente e revelou a portinhola quase imperceptível que dava acesso ao túnel principal. Depois, voltou para perto de seu pai e aguardou o retorno dos soldados.

O grupo saiu em completo silêncio e surpreendeu as tropas romanas pelas costas. Os homens então se dividiram para que todas as catapultas e as torres de assalto fossem queimadas de uma só vez. Custou para que cada um alcançasse seu alvo, mas assim que a primeira flecha certeira foi lançada as demais também foram atiradas na direção das máquinas de guerra. Dezenas de catapultas e balestras foram incendiadas, e algumas torres foram destruídas. Os soldados conseguiram voltar sem que os romanos descobrissem a entrada do túnel.

Tito, revoltado, aumentou as patrulhas e mandou dobrar a guarda sobre todos os armamentos restantes.

Na noite seguinte os ataques sorrateiros voltaram a acontecer, mas dessa vez houve enfrentamento. Vários judeus foram mortos, e uma só torre acabou queimada. Mas a estratégia de Tito de colocar mais homens guardando as armas de cerco fragilizou seus próprios acampamentos. Percebendo isso, Eleazar organizou um grande ataque e conseguiu matar centenas de soldados romanos enquanto descansavam. Uma das centúrias foi inteiramente dizimada.

Então os romanos decidiram: estava na hora de acabar com os judeus.

15
Desespero

Logo ao nascer do sol, Tito chamou os comandantes das legiões. Decidiram então construir mais torres de assalto em substituição às destruídas, uma vez que pretendiam invadir Jerusalém por cima de seus muros.

Em apenas três dias as torres ficaram prontas. A invasão seria na manhã seguinte.

Simeão enviou um mensageiro a Eleazar dizendo que protegeria a parte sul da cidade, deixaria a norte a seu cargo. Essa foi a maneira que encontraram de se defender dos romanos sem ter de fazer outros acordos.

Como as lutas internas haviam cessado, os judeus puderam perceber a proximidade das torres e conseguiram jogar azeite e betume sobre elas. Quando os romanos se enfileiraram para arremessar flechas sobre os judeus, mais uma vez foram surpreendidos na retaguarda por grupos de arqueiros que atiravam flechas incendiárias nas novas torres. Como estavam impregnadas de azeite, quase todas foram consumidas pelo fogo.

Sem as armas de cerco, Tito sabia que não conseguiria entrar em Jerusalém. Precisavam reconstruir as catapultas, as balestras e as torres de assalto, e ordenou que cada legião enviasse duas centúrias para cortar árvores da região e fabricar os novos artefatos.[18] Em apenas alguns dias, a região da Judeia foi amplamente desmatada. Jamais havia acontecido ali tamanha devastação.

18 Uma legião romana tinha, na época, cerca de 3 mil soldados – podendo chegar a 5 mil – e era comandada por seis tribunos. Uma centúria era formada por um destacamento de aproximadamente cem homens (mas o mais comum era variar de oitenta a cem) e era comandada pelo centurião. Um exército, comandado por um general, era formado por uma ou mais legiões acrescidas de milhares de auxiliares, como cozinheiros, carregadores, ferreiros, engenheiros e servos.

Dentro dos muros, a fome e a luta por comida faziam com que pessoas agissem como animais, e alguns grupos planejaram inclusive invadir as casas dos sacerdotes em busca de pão ou qualquer outro tipo de alimento. A tensão tinha aumentado tanto que não era seguro nem estar entre membros da própria família. Hadassa continuava a sair escondida à noite para levar pão e tâmaras secas a mulheres que encontrava perto de sua casa. Numa dessas noites, conseguiu conversar com uma idosa.

– A fome está enlouquecendo as pessoas. Você não faz ideia do que nosso povo tem passado. Algo terrível aconteceu, e deve ser um prenúncio do fim.

– O que houve, senhora? Conte-me.

– A cunhada do meu primo cometeu um crime horrendo. Ela estava cozinhando carne, e o cheiro atraiu centenas de pessoas famintas, que acabaram invadindo sua casa. Ao chegarem, viram que ela havia cozido seu próprio bebê.[19]

– Meu Deus!

Com os olhos arregalados e com a mão sobre a boca, Hadassa se aproximou ainda mais da mulher, como se a distância tivesse afetado sua compreensão daquela história. O relato repugnante continuou:

– Ninguém sabe se ela o matou ou se o cozinhou porque ele já havia morrido de fome. Ela repetia sem parar: "Acabou a fome, acabou a fome, acabou o sofrimento". Foi apedrejada até a morte por aquelas pessoas. Não consigo parar de pensar nesse horror.

O terror tinha verdadeiramente tomado conta da cidade. Imaginando a cena, a menina passou mal e saiu dali chorando.

– Chega, isso tudo tem que acabar! – disse Hadassa a quem quisesse ouvir. – Deus nos abandonou. Se nossos pecados são tão horríveis a ponto de sermos castigados dessa maneira, não é possível que enxergue a nós como seu povo. Cinco meses de fome é tempo demais!

Os soldados que a ouviram não souberam o que fazer, e preferiram fingir que não sabiam que ela alimentava pessoas às escondidas. A comida era deles. Era só nisso que conseguiam pensar.

19 O historiador Josefo relatou essa horrível cena em *A guerra dos judeus*.

Eleazar conseguiu convencer Simeão a juntar os dois exércitos para atacar os romanos, já que grande parte deles estava trazendo toras de madeira de longe. O ataque foi intenso: milhares de judeus raivosos quase dizimaram uma das legiões. Os poucos homens que sobraram fugiram.

Tito, tendo vindo ao socorro de seus homens, conseguiu expulsar os judeus. No entanto, no retorno para dentro dos muros, estes acabaram expondo a entrada principal dos túneis, que foi imediatamente destruída pelos romanos. A rede subterrânea não lhes traria mais nenhuma vantagem.

O arsenal romano reconstruído representava o início da destruição de Jerusalém: as catapultas de Tito arremessavam rochas de diversos tamanhos sobre os muros e as casas, levando a população debilitada ao pânico completo. As balestras arremessavam uma quantidade tão grande de lanças que qualquer pedestre que andasse pelos becos corria o risco de ser atravessado por elas.

Com o caos instaurado, Tito enviou Josefo para comunicar, de cima de uma das torres, que todo judeu que não fosse militar e quisesse fugir da cidade poderia fazê-lo sem ser morto. Bastava que saísse sem carregar nada além da roupa do corpo.

As primeiras pessoas que optaram por escapar da carnificina iminente se dirigiram aos portões, solicitando que fossem abertos. A reação dos soldados de Simeão foi imediata: mataram todos, aos gritos de "Covardes e traidores devem ser exterminados". A notícia logo se espalhou: ninguém poderia sair. Os romanos concluiriam sua invasão em breve. A morte estava próxima.

Aríetes começaram a derrubar um dos portões, mas foram rechaçados por um ataque maciço de lanças arremessadas do alto da muralha - as mesmas que haviam sido jogadas sobre o povo pelas balestras. Os escudos não foram suficientes para impedir que tantas lanças alvejassem os operadores daquelas máquinas.

O exército de Tito estava perdendo aquela batalha, mas isso só servia para que o contra-ataque fosse ainda mais violento. Quando todas as torres foram posicionadas, um ataque maciço foi ordenado.

E então Roma invadiu Jerusalém.

A cada esquina os legionários eram enfrentados pelos revoltosos, e milhares de judeus e de romanos tombavam mortos pelas ruas de toda a Jerusalém. A honra de morrer lutando pela cidade de Deus redobrava as forças daqueles pobres guerreiros.

Tito ordenou que seus homens cercassem a fortaleza Antônia. Sua localização estratégica, anexa aos muros do templo, funcionaria como base para a tomada daquele lugar sagrado. Os judeus, no entanto, já tinham antecipado essa movimentação e aguardaram. Como resultado, centenas de mortos e outra vitória dos soldados romanos, que estavam mais saudáveis e fortes que seus inimigos. Àquela altura, já comemoravam a conquista do templo.

O general ordenou que a construção não fosse queimada, mas os homens tinham permissão para incendiar todo o resto. A fumaça escura que se ergueu no céu podia ser vista desde Jericó. Aquela terra, que Moisés disse que "emanava leite e mel", agora agonizava como um recém-nascido abandonado à própria sorte. O fogo que Hadassa acreditou que seu Deus enviaria foi afinal iniciado e espalhado pelos soldados romanos.

As mais de oito horas de combate entre os soldados do templo e os romanos serviam para mostrar a todos que Roma era capaz de conquistar o que fosse com seus exércitos, e que os judeus, por amor a seu Deus, jamais desistiam.

Apesar da ordem expressa de Tito para não incendiar o templo, um legionário enfurecido, esquecendo-se da diretriz para preservá-lo, atirou uma tocha sobre materiais usados nos sacrifícios. O fogo se espalhou com rapidez, e os soldados saquearam tudo o que foi possível levar. Aquele era o fim da mais sagrada construção judaica.

Àquela altura, as chamas já tomavam também as casas, então Hadassa, Benjamin e Abbar foram chamados para se abrigar sobre um dos muros do templo que estava mais distante do incêndio. Era um dos únicos lugares que ainda não tinham sido alcançados pelo fogo.

Os romanos avistaram aquele grupo de sacerdotes e civis sobre o muro, e Tito ordenou que descessem, prometendo-lhes que suas vidas seriam poupadas. O medo os impedia, ao mesmo tempo que os soldados romanos, por outro lado, não arriscavam subir ali. Abbar, quase desfalecendo, precisava de um pouco de água.

Benjamin resolveu agir. Em meio à tensão da batalha, do alto do muro, gritou para Tito:

- General, posso descer para tomar água? Estou com muita sede. Não aguento mais.

Hadassa tentou impedir a ousadia do irmão, mas se conteve ao ver que a coragem do menino tinha feito Tito sorrir.

- É claro. Venha, não faremos mal a você.

Apesar dos protestos do pai e da irmã, Benjamin desceu, tomou água, jogou um lenço dentro do barril e o segurou correndo de volta para seu abrigo. Os homens de Tito até tentaram pegá-lo, mas o menino desviava deles rápido demais. Aquilo foi motivo de riso e deboche por parte dos soldados que assistiam à cena.

- Você nos enganou, menino. Deixei você tomar água acreditando que se entregaria - disse Tito, encantado com a rapidez e a ousadia de Benjamin.

- Com todo o respeito, general, mas ele disse apenas que queria tomar água, não que se entregaria - retrucou Hadassa, preocupada com o irmão, mas ao mesmo tempo feliz por vê-lo escapar.

- Sim, general, eu só precisava tomar um pouco de água.

O riso foi geral, trazendo uma espécie de alívio aos romanos naquele fim de batalha. O pano molhado foi dado ao pai que sugou toda a água que pôde.

- *Diem perdidi*[20], homens! Como hoje ainda não fiz o bem, minha boa ação será esta: deixem o menino viver. Não subam atrás dele!

Além dos soldados de Eleazar, o grupo lá no alto era composto de vários sacerdotes, incluindo Fanias. Permaneceram lá por três dias, mas a fome e a sede os obrigaram a descer. Foram então levados até Tito, a quem clamaram por misericórdia de todas as formas possíveis, mas o general disse que o tempo de compaixão havia passado. Todos eles seriam mortos.

Hadassa segurou a mão do pai e a do irmão e implorou aos guardas que os matassem em casa, não ali.

- Nada disso, menina. Vocês três vão morrer de forma diferente.

20 Em latim, "dia perdido".

Marco Túlio Macer, o centurião responsável pelo cumprimento da ordem do general, foi quem deu a sentença: os soldados deveriam crucificar as outras pessoas do grupo à vista do povo, mas ele mataria pessoalmente aqueles três.

Abbar olhou nos olhos de Fanias uma última vez e fez um aceno com a cabeça, despedindo-se. O sumo sacerdote retribuiu. Os irmãos sabiam que nunca mais se veriam.

– Centurião, se libertar meu irmão, que faz parte do grupo que será crucificado, prometo conceder a você uma recompensa grandiosa! – Apesar da falta de esperança, Abbar ainda tentou comprar a liberdade de seu irmão.

– Ah, que boa notícia! Minha recompensa será sua filha. Eu a usarei até que ela não possa mais andar. O que acha disso? – Aquele sarcasmo, expresso em forma de gargalhadas, ecoou entre as casas. Abbar não se atreveu mais a falar com o centurião, que lhe causava nojo e raiva.

Acompanhado por dezenas de gladiadores, Túlio cruzou algumas ruelas e empurrou os três para dentro de uma casa. Lá dentro se depararam com Flávio Josefo.

– Senhor, aí estão os três que me pediu.

– Aqui, Túlio. Foi bom fazer negócios com você. – Flávio pegou um pequeno saquinho de moedas e entregou ao centurião, que conferiu os valores e saiu, não sem antes sorrir com malícia para Hadassa.

Todo o asco que a menina sentia deu lugar ao medo. Desejou que o centurião tivesse uma morte desonrosa, de preferência na frente dos seus próprios soldados, que pareciam incentivar suas obscenidades.

Para a surpresa dos três, Josefo os conduziu até uma carroça de mantimentos e mandou que subissem.

– Sumam! Não apareçam mais por aqui se não quiserem morrer.

O ex-líder judeu então olhou para os lados e perguntou aos homens que guardavam a carroça sobre o paradeiro de Alexandre. No mesmo instante o grego apareceu, virando a esquina.

– Josefo, aqui está seu pagamento – disse, enquanto entregava um bracelete de ouro cravejado de pedras preciosas enrolado num pano velho, para disfarçar o tesouro. – No futuro espero que você seja recompensado por esse ato de nobreza.

- Saia daqui, grego, e leve sua bajulação com você.

Alexandre subiu na carroça e deu sinal para que um de seus homens a conduzisse para longe dali.

- Vocês três estão dilapidando todas as minhas riquezas - ele sorria ao falar, mas não conseguia esconder o nervosismo. Aquele era o momento de conquistar a simpatia do sacerdote.

- Você é o mesmo grego que deixou meu filho subir em seu cavalo?

- Sim, sou eu.

- Você é o responsável por impedir que ele siga o sacerdócio!

- Eu? Não, eu não...

- Benjamin perdeu parte da orelha em uma corrida de cavalos, e agora não poderá se tornar sacerdote - Abbar o interrompeu. - Se você não o tivesse ensinado a montar, isso não teria acontecido. - Seu olhar duro de acusação não condizia com o alívio de terem escapado da morte.

- Senhor, acabo de salvar a vida de sua família, e as únicas palavras que me dirige são acusações? - Alexandre o confrontou. - Seu povo não está familiarizado com o conceito de gratidão?

Percebendo que a discussão não seria benéfica para ninguém, Hadassa se encarregou de mudar o foco.

- Somos muito gratos ao senhor, Alexandre. - Sua vontade era abraçá-lo, enchê-lo de beijos, mas teve de se conter. - Você se arriscou para nos salvar. Assim que for possível, vamos restituir todo o dinheiro gasto com o resgate. - *E eu vou beijá-lo sem parar.*

Quando chegaram a um dos portões, se depararam com um problema: os guardas estavam liberando apenas pessoas simples, do povo, e não podiam autorizar a saída de ninguém que parecesse um soldado ou que fosse rico - imagem que Alexandre e seus acompanhantes certamente transmitiam. Não havia como suborná-los, e tentar algo à força era muito arriscado, então tiveram de recuar.

Mas Alexandre tinha um plano: Abbar e Benjamin se vestiriam com alguns trapos e cruzariam as muralhas como dois andarilhos. Mais tarde, na mudança de turno daqueles guardas, Alexandre passaria com Hadassa como se fossem um casal. Depois, todos seguiriam juntos para a fazenda em Jericó, esperando que lá ainda houvesse alimentos e abrigo. Com sorte, algum vizinho que tivesse se apossado da propriedade os reconheceria como sendo os herdeiros legítimos.

Pai e filho não tiveram problemas para sair a pé, mas Alexandre, quando foi passar pelo portão com a menina, foi interceptado por um dos guardas.

- Alto lá! Você não é o comerciante de vinho?

- Sim, sou eu. Algum problema?

- Tenho ordens para levá-lo até Tito.

Percebendo que seu plano de cruzar o portão acompanhado de sua amada tinha sido arruinado, Alexandre disse ao soldado que tinha encontrado a jovem sozinha e que seu pai a aguardava do lado de fora. Então acenou para Abbar, que retribuiu o gesto. Os guardas a liberaram. Hadassa, depois de dar alguns passos, virou o rosto para trás a tempo de ver os lábios de Alexandre se movendo silêncio: "Amo você". No mesmo instante, ela fez o mesmo: "Amo muito você".

A sensação de que nunca mais se encontrariam tomou conta de seu coração. De repente, toda a tragédia que tinha vivido até aquele momento parecia menor do que a dor de ver seu amado sendo levado para o covil dos romanos.

16
De volta à fazenda

Um grande número de pessoas descia a pé pela estrada de Jericó.[21] Mulheres, idosos, crianças e trabalhadores - os "miseráveis" que os romanos haviam dispensado - estavam tão fracos, famintos e amedrontados que pareciam não oferecer perigo a Roma. Muitas dessas pessoas haviam perdido irmãos, pais e até mesmo os próprios filhos. O único som que se ouvia era o arrastar desconsolado das sandálias no chão. Benjamin, que sempre tinha um comentário espirituoso a fazer, calou-se diante de tanta tristeza.

Depois de algumas horas andando, o grupo avistou duas ovelhas no campo, provavelmente desgarradas de alguma fazenda próxima. Alguns homens as abateram, e enfim todos puderam se alimentar. Não era agradável olhar as pessoas comendo: estavam famintas e comiam muito depressa, com medo de perder seu pedaço. Hadassa, desolada, permaneceu o tempo todo olhando para as labaredas da pequena fogueira do acampamento improvisado.

Na manhã seguinte, retomaram a caminhada. Pouco depois do meio-dia, a família de Abbar se afastou da multidão que caminhava na direção de Jericó e tomou um desvio para a direita, onde ficava a fazenda de Baruch.

- Papai - disse Benjamin -, não quero voltar lá.

- Acalme-se, meu filho. O perigo acabou. Vamos recomeçar nossa vida ali. As árvores logo nos darão frutos, e plantaremos roçados com a ajuda dos vizinhos. Nossa família vai voltar a prosperar.

Depois de algumas horas caminhando por uma estrada estreita, avistaram a propriedade, que aparentava estar ocupada. Conforme imaginavam que aconteceria, vizinhos tinham se apropriado do local depois da chacina.

21 Após a destruição de Jerusalém, a maioria dos sobreviventes fugiu da região, fato conhecido como a segunda diáspora dos judeus. Os que ousaram viviam aflitos com a possibilidade de ser atacados pelos romanos.

A aproximação dos três colocou em alerta os novos moradores, que já empunhavam lanças e espadas. Dessa vez, os habitantes de Jericó morreriam lutando.

– Hadassa! – gritou uma voz familiar de menina. Yohanna sobrevivera, e agora corria para pular nos braços da prima.

– Yohanna! Yohanna! Você não morreu! Deus a livrou!

– Sim, Deus e Benjamin, que fez nosso sinal secreto com as mãos. Quando vi as mãozinhas dele, sabia que deveria ir para a gruta. Consegui gritar para minha mãe e meus irmãozinhos, que fugiram também.

Depois dos abraços e dos gritos de alegria, sentaram-se em volta da mesa para comer e contar histórias. Decidiram abreviar algumas partes mais tristes, mas Merabe, a mãe de Yohanna, quis contar o que houve naquele dia terrível.

– Quando minha filha me chamou com tanta assertividade, sabia que precisava ir. Peguei meus meninos e fui atrás de Yohanna. Corremos desesperados pelos vinhedos e depois a seguimos até uma gruta num lugar alto próximo ao rio Jordão. De longe é impossível vê-la; parece apenas um barranco. Nos agachamos e ficamos ali, Hadassa, onde você esteve com...

Nesse momento, um frio na barriga fez Hadassa prender a respiração.

– ... Yohanna.

Todos ouviam a história em absoluto silêncio.

– Se Ruben e Jubal fizessem barulho, estaríamos perdidos, então eu os coloquei debaixo do meu vestido e lhes ordenei que não falassem e não chorassem. Acho que ficou tão abafado ali que dormiram.

Benjamin sorriu, imaginando uma galinha com seus pintinhos.

– Um daqueles assassinos passou bem perto, mas nosso Deus Altíssimo o cegou e não fomos descobertos. Seremos sempre gratos a você, Benjamin, por sua coragem em ter vindo nos avisar. Ouvimos aqueles homens dizerem: "Devem ter pulado no Jordão. Vão morrer, pois o rio vai levá-las ao Mar Salgado". Depois disso não ouvimos mais nada. Dormimos ali mesmo. Só saímos de lá no outro dia. Estávamos com medo de voltar.

Merabe continuou a narrar a história de como encontraram todos mortos. Para resumir e diminuir a tristeza, contou logo que Menashe, o irmão do dono da propriedade vizinha, casou-se com ela e assumiu a fazenda. Com ele vieram outros moradores, para que a vida ali fosse retomada. Havia muitas árvores frutíferas que precisavam de cuidados constantes.

A vida na fazenda tinha enfim recomeçado.

17
Cheia de vida

Uma das primeiras coisas que os recém-chegados fizeram foi visitar o cemitério onde Baruch, Jessé e os demais tinham sido enterrados. Desolado, Abbar procurou o túmulo de sua esposa, mas percebeu que ela não fora enterrada ali. Algo estava errado. Não quis discutir nem saber da verdade naquele momento, pois já imaginava a razão, e isso fez com que sua alma fosse ferida mais uma vez. Preferiu se calar por ora.

Orando pelas almas de todos os seus entes queridos, pediram a Deus que vingasse a morte de cada um deles e agradeceram pelas vidas que foram poupadas. Um por um, em silêncio, apanhavam pequenas pedras e as colocavam sobre os túmulos, como uma lembrança de que tinham estado ali. Abbar, muito abatido, colocou uma pedra sobre o túmulo de Baruch, outra sobre o túmulo de Jessé e se retirou. Mais tarde questionaria sobre a morte da esposa, mas temia a verdade. Talvez um dia quisesse saber, mas naquele momento quis apenas chorar por seus irmãos e por Navit. Colocou em prática um de seus dizeres: "Às vezes saber é mais dolorido que não saber".

Depois foram inspecionar os pomares, as plantações e os campos de criação de ovelhas. Havia muito trabalho a ser feito em cada espaço. Benjamin quis ajudar os homens a cuidar dos animais. Havia alguns cavalos, e ele aprendeu depressa a cuidar deles e a usá-los para pastorear as ovelhas. Felizmente, o pai já não era contra que o menino cuidasse dos animais. Não encontrou aquele que ganhara por ter vencido a corrida - talvez tivesse sido levado pelos assassinos.

Hadassa auxiliava as mulheres nos teares, na fabricação de roupas e em todas as outras tarefas próprias das mulheres. Abbar, além de ajudar no cuidado das videiras, que precisavam de uma poda minuciosa, também trabalhava nas plantações. No período da manhã, ensinava os meninos a respeito da Torá. Sua filha não perdia as aulas, porque, para ela, aprender um pouco mais sobre a história de seu povo a levava a imaginar outros lugares e outras pessoas, deixando-lhe um pouco mais esperançosa a respeito de tudo.

Yohanna de vez em quando ia para a gruta com Hadassa no fim da tarde, e ali compartilhavam tudo o que vivenciavam na fazenda.

O local já não era mais secreto, mas os outros não tinham interesse em ir até lá sem motivo.

Moer trigo era uma das tarefas das quais as mulheres reclamavam, pois girar a pedra pesada sobre a base dos moinhos portáteis era muito difícil. Por isso gostavam de estar juntas nessa atividade. Enquanto uma derramava os grãos dentro do vão formado pelo eixo da pedra giratória, a outra se esforçava para girar o mais rápido que podia. Assim que uma cansava, trocavam de lugar. O moinho era pesado, mas duas mulheres conseguiam buscá-lo de seu lugar e colocá-lo no chão sobre um tapete. Sentavam-se em volta dele e passavam muito tempo trabalhando e conversando.

Ao anoitecer, todos se preparavam para dormir assim que terminavam uma rápida ceia. Em geral comiam pão com um pouco de azeite de oliva e um pedaço de queijo de cabra. Sempre se sentavam num grande tapete, todos em volta das vasilhas com as comidas. Nesses momentos, Benjamin se tornava a atração principal, com seus comentários jocosos sobre as coisas que tinham acontecido durante o dia.

– Papai, hoje, quando recolhíamos as ovelhas no aprisco, meu cavalo soltou um pum bem na cara do tio Menashe, que estava passando atrás. Aí ele ficou bravo e disse que era culpa minha! Mas eu falei que um pum daquele tamanho eu não conseguia soltar!

Os dias se sucediam intercalando muito trabalho com descanso e, de vez em quando, um pouco de lazer. Os risos durante as refeições traziam paz. À noite, todos iam dormir evitando pensar em suas perdas e na falta de sentido daquela guerra. Esperavam que, pelo menos por algumas horas, as dores pudessem ser deixadas de lado. Havia sempre uma pequena fogueira acesa em frente a uma das casas mais barulhentas, e as conversas e os risos se misturavam à sinfonia de corujas e grilos.

Todos ali ficavam muito felizes quando Hadassa explicava a lei em volta do fogo. Espantavam-se especialmente com os detalhes sobre histórias tão conhecidas como a da arca de Noé, das dez pragas do Egito ou de como José foi vendido como escravo por seus irmãos. Hadassa cuidava para não alterar em nada as histórias, mas deleitava-se em dar interpretações que acrescentavam princípios ao dia a dia das pessoas ali.

Para justificar seus ensinamentos, citava um provérbio conhecido por todos:

– "Não há nada mais fútil do que adquirir conhecimento e não o transmitir a outros. É como uma flor de murta que cresce sozinha no meio do deserto. Quem se beneficiará dela?" Portanto, creio que devo obedecer e ensinar, já que tive a possibilidade de aprender. Concordam? – Sem esperar respostas, continuava: – E há mais: "A chama de uma vela pode acender muitas outras, mas a sua luz própria continua na mesma intensidade".

Apesar de sentir que era aceita pela maioria dos moradores aqui, aqueles que seguiam a religião de forma mais tradicional se incomodavam com a ousadia da menina. Certa noite, um dos mais velhos tentou confundi-la:

– Hadassa, o que você pensa sobre o fato de uma mulher ensinar a lei, se o Senhor Deus criou primeiro o homem e depois a mulher? Não deveria a mulher seguir ao homem em vez de ensiná-lo?

– Senhor, Moisés, ao explicar como a mulher foi criada, registrou: "E criou Deus o homem à sua imagem; à imagem de Deus o criou; homem e mulher os criou". Assim, da forma como está escrito, tanto o homem quanto a mulher foram criados à imagem de Deus, não é? – dirigiu-se ao homem que a questionara e viu que ele já estava com as sobrancelhas franzidas.

– Ora, sim, é o que o texto diz, mas...

– Isso mesmo! – interrompeu Hadassa. – Se a mulher foi criada à semelhança de Deus, não serão os homens injustos ao nos subjugar? Seria como se a semelhança de Deus fosse menos do que realmente é.

A maioria concordava com a menina em silêncio. E o velho, para não arriscar perder mais uma batalha contra tamanha sagacidade, decidiu se calar.

Em geral, as pessoas mais simples não gostavam muito dos "estudiosos da lei", pois sempre eram acusadas de seus erros e cobradas quanto aos comportamentos inadequados. Quando um desses estudiosos era vencido numa discussão, o povo vibrava com o vencedor.

Aquelas reuniões deixavam Hadassa bastante realizada. Até que certa vez os mais velhos conversaram em segredo com Abbar para que ele a proibisse de ensinar. Então ele, entre agradar à filha ou aos demais homens, escolheu a harmonia com seus pares.

Ao conversar com ela, foi muito cuidadoso nas palavras e, apesar de não ter argumentos melhores que os de Hadassa, pediu a ela que, para a manutenção da paz, desistisse de lutar por seus direitos. A filha assentiu.

– Tudo bem, papai. Vou parar de ensinar, mas quero um dia poder falar para todos sobre minhas opiniões. Quero ser ouvida por toda a nossa gente, e não ser humilhada com a imposição do silêncio. Sonho em tomar minhas próprias decisões, como o senhor bem sabe.

– Sim, Hadassa. Entendo perfeitamente, mas lhe peço que atenda ao meu pedido em respeito a mim.

A falta de perspectivas quanto ao seu destino fez com que ela se entristecesse ainda mais. Queria ser respeitada, mas sua postura apenas deixava as pessoas curiosas. "Como é possível uma mulher saber tanto quanto Hadassa?"

A alegria de Yohanna contagiava:

– Vamos sair daqui, Hadassa! – Era o que a prima mais gostava de ouvir.

As duas saíam para passear nos campos de trigo, sob as tamareiras, ou caminhavam à beira do rio Jordão, e adoravam correr entre as videiras. Passavam horas conversando e rindo. E nos momentos mais calmos, compartilhavam suas dores. Era bom estar naquela fazenda. Yohanna a fazia esquecer que seu futuro não seria fácil.

Quando o dia raiava, ninguém permanecia na cama, pois cada um tinha de dar atenção às suas tarefas. A exceção era Benjamin, que precisava ser acordado inúmeras vezes, principalmente pelos novos amigos, que riam da cara que ele fazia ao se levantar.

– Já é de manhã? Estou com fome.

E assim a rotina era retomada por todos.

Depois de alguns meses morando ali, os mais velhos começaram a se preocupar em arranjar uma esposa para Abbar. Quando esse assunto era trazido à tona, ele afirmava que viver em comunhão com as famílias dali era suficiente para ele e que não precisava de uma mulher para reclamar da vida. Abbar continuava sem saber como Navit havia morrido – para ele, a dor da suspeita era melhor que a da certeza.

Entretanto, a insistência foi grande, e as mulheres defendiam Hadassa, dizendo que uma filha não tem de fazer todas as tarefas da casa destinadas a uma esposa. Foi então que Merabe afirmou que sua irmã mais nova, Hava, ainda não havia se casado e já estava passando da hora de conseguir um marido. E que, para alegria de Abbar, não costumava reclamar de nada.

Hadassa perguntou:

- Titia, o que significa Hava?

- "Cheia de vida". E ela de fato é assim. Não para de agradecer a Deus por todas as coisas e sempre vê algo bom em cada situação. Seu pai seria muito feliz com ela.

- Assim espero. Que Deus abençoe essa união, se meu pai e ela decidirem se casar.

Alguns meses depois, o casamento foi consumado com uma grande festa - havia brincadeiras com arco e flecha, tiro ao alvo com fundas e a famosa corrida de cavalos da região. Benjamin, é claro, divertiu-se mais que todos com as corridas.

A casa de Abbar e sua família era simples, mas um pouco maior que as outras. Havia um aposento para o casal dormir, enquanto Hadassa e Benjamin dormiam em suas esteiras acolchoadas com lã de carneiro na sala da casa. Sentiam falta da mãe, mas alegravam-se ao ver o pai regozijando-se outra vez - ou talvez como nunca antes. O que mais chamava a atenção de todos era a alegria com que Abbar fora contagiado. Era um novo homem, e tinha uma nova família. Uma família feliz.

Mas na maior parte do tempo a saudade que Hadassa sentia de Alexandre e a ânsia por notícias dele a consumiam. Todos os dias orava por seu amado, e cada vez que o fazia pedia por algum sinal.

18
Ettore

Numa tarde quente e silenciosa, Benjamin começou a gritar, animado e agitado:

– O sr. Ettore está aqui! Eles voltaram! – E correu para a caravana na esperança de ser o primeiro a encontrar seu amigo Alexandre, mas ele não estava com o grupo.

Depois que todos os visitantes descansaram um pouco, receberam a notícia de que ainda não havia vinho para ser vendido, pois a colheita não fora realizada. O clima da região tinha atrasado o amadurecimento das uvas. Mas tinham muito trigo para ser vendido.

Ettore recebeu um convite para dormir ali por uma noite, e achou que era uma boa ocasião para contar a todos o que acontecera com seu filho.

– Tito soube que Alexandre subornou um centurião para que libertasse três pessoas. Pelo que me contaram, eram vocês.

– Sim, seu filho salvou nossas vidas – comentou Abbar. – Somos gratos a ele e à sua família, que o criou com valores tão louváveis.

Ettore agradeceu o elogio e continuou:

– Bem, com a confirmação de que meu filho havia comprado três judeus, e principalmente com a descoberta de que um deles era sacerdote no templo, o general se irritou. Mandou prender Alexandre na cidade de Cesareia. Só não foi morto ali porque conseguiu negociar com Flávio Josefo, trocando a vida de vocês três por um bracelete de ouro puro, cravejado de pedras preciosas. E, pelo que fiquei sabendo, Josefo usou a joia para presentear Tito. Josefo se sentia em dívida desde que Tito e seu pai, o imperador Vespasiano, demonstraram clemência em Jotapata – Ettore se empolgava com os pormenores de seu relato, e isso irritava os que não tinham paciência para ouvi-lo.

Hadassa, a rainha das impacientes, não pôde deixar de interrompê-lo:

– Mas como Josefo convenceu Tito a não matar Alexandre, senhor?

– Que menina impertinente e apressada. Quem lhe ensinou boas maneiras? – Falou sorrindo para Hadassa. – Josefo afirmou que Alexandre era um cidadão romano, e isso impediu sua execução. Meu filho conseguiu essa nobre façanha vendendo o melhor vinho que os senadores já haviam degustado. Creio que era daqui. Quando um deles estava bastante alegre, quase bêbado, Alexandre aproveitou para solicitar a carta de cidadania. O senador chamou um auxiliar e mandou redigi-la.

Ettore continuou contando detalhes de como os soldados haviam encontrado a carta nos pertences de seu filho e da importância de se ter um documento desses, pois ele abre qualquer porta sob o domínio romano.

Todos queriam que o comerciante continuasse a contar sobre Jerusalém e sobre como estava o templo, mas Hadassa interrompeu:

– Senhor, perdoe-me pela ousadia em interrompê-lo, mas quando seu filho será libertado?

– Você é ousada, sim. Gosto disso. Tentei comprar a liberdade dele, mas os responsáveis por sua prisão nos falaram que somente um perdão oficial o libertará. Um senador ou um general. Nossos deuses farão com que isso ocorra o mais breve possível.

– Talvez o deus desconhecido que vocês veneram num altar em Atenas interceda por ele.

A surpresa com aquele comentário foi geral. Inclusive do pai de Hadassa, que a questionou:

– Como você sabe disso, minha filha?

– Sei muito mais coisas que vocês, homens, acreditam ser possível que uma mulher saiba. – E, olhando para Ettore, continuou: – Aprendi com seu filho, que conversava com Areta, a vendedora de púrpura, lá em Jerusalém. Ele estava falando sobre as diferenças entre os gregos e os judeus.

A admiração daquele grupo de gregos a respeito do conhecimento de Hadassa se tornou ainda maior quando Ettore disse:

– Parabéns pela educação de sua filha. Qualquer homem ficaria orgulhoso de ter criado uma menina com tanta sabedoria. Ela é um presente dos deuses.

– Presente de YHWH,[22] Ettore. Só há um Deus, o criador de todas as coisas.

– É verdade. Acabei de esquecer a lição que sua filha nos deu!

22 YHWH é uma sigla aportuguesada do hebraico, que significa Jeová ou Javé.

Todos riram, olhando para a expressão orgulhosa no rosto da menina.

No dia seguinte, Ettore e seus homens se despediram, levando consigo os mantimentos adquiridos. No momento da partida, Benjamin pegou seu cavalo e pediu que Hadassa subisse na garupa, então os dois acompanharam a caravana por um bom trecho. A menina aproveitou a oportunidade e perguntou a Ettore como conseguir que uma autoridade romana libertasse Alexandre. O comerciante disse que não sabia, porque nada do que tinha tentado tivera resultado.

Os irmãos voltaram para a fazenda num galope acelerado, que fez Hadassa gritar para que o irmão fosse mais devagar, mas Benjamin ia ainda mais rápido. De longe, Abbar sorria orgulhoso.

19
A prisão

Alexandre fora levado para Cesareia, que possuía instalações para aprisionar cidadãos romanos até que pudessem ser julgados. Sua chegada causou certo tumulto, pois alguns prisioneiros se indignaram com a notícia de que havia um grego ali.

– Um grego? Por que não o mataram? Deve ser algum bajulador abastado.

Assim que foi jogado lá dentro, o novo morador foi cercado por outros cativos, que queriam desde o início mostrar quem mandava ali. Um sujeito alto e forte ameaçou dar uma surra no grego, para que perdesse todos os dentes e não disputasse a comida sólida. O deboche foi geral, mas, quando iam começar a bater, um trácio de nome Teres, que tinha fama de ser calado, interveio:

– Deixem-no. Ele não fez nada para nós. Além do mais, se os soldados não gostam dele, deve ser uma boa pessoa.

Teres era bastante respeitado, então os valentões apenas ameaçaram o novato, dizendo que iria se arrepender caso fizesse qualquer coisa errada.

O lugar era frio, úmido e malcheiroso. As paredes de pedra tinham pequenas aberturas pelas quais o sol entrava por poucas horas e anunciava que havia vida lá fora. Como a maior parte da prisão era subterrânea, as janelas diminutas ficavam no nível da rua. Olhar através delas trazia um pouco de esperança, porque era possível ver as pessoas caminhando, os cavalos trotando e os cães que vinham farejar os buracos em razão do cheiro esquisito que exalavam.

Mas, na maior parte do tempo, era difícil alimentar qualquer tipo de expectativa boa. Era mais fácil sonhar com uma morte rápida e indolor. Alexandre, no entanto, tinha motivos para acreditar na liberdade: a certeza, em seu coração, de que reencontraria Hadassa. Era isso que o fazia lutar todos os dias para permanecer vivo.

O canto em que ele dormia, designado pelos outros presos, tinha um odor ainda mais desagradável. Mas, ainda assim, aquele era seu espaço. A todo momento, só conseguia pensar que, por pior que fosse a prisão, era melhor que a morte.

Com o passar dos dias, foi se acostumando com a rotina e com as conversas inócuas a respeito do quanto cada um estaria disposto a gastar para poder comprar a liberdade. O registro da presença dos prisioneiros estava sob a responsabilidade de um funcionário mais antigo, que frequentemente falava que aquele inferno logo acabaria para ele, já que faltavam poucos anos para a sua aposentadoria. Seu nome era Quintus Lulius Ferres - ele se orgulhava em dizer seu nome completo quando alguém perguntava.

Alexandre, percebendo que aquele era um soldado importante, sempre fazia questão de se dirigir a ele como "ó grande e poderoso Quintus Lulius Ferres". O chefe sorria e, mesmo sabendo que era pura bajulação, respondia: "Fale, prisioneiro! Quais são suas súplicas?". Na maior parte das vezes, Alexandre sempre pedia um pouco mais de comida para que pudesse distribuir aos companheiros de cela mais fracos.

Certo dia, conversando com Teres, descobriu que ele havia sido preso por ter desafiado publicamente um centurião. Este, com medo do porte do enorme guerreiro, disse que não perderia seu tempo lutando, já que o desacato faria com que o jovem fosse mandado para a prisão. Foram necessários oito soldados para carregá-lo para dentro da cela. Seu nome não foi registrado, pois não havia acusação maior contra ele. O centurião apenas disse a Quintus: "Deixe-o mofar aí até que seu orgulho desapareça".

– Teres, por que você desafiou o centurião? - perguntou Alexandre, percebendo que o trácio era amistoso, apesar de seu tamanho.

– Porque ele empurrava seu cavalo em cima das pessoas, não importava se fossem mulheres, crianças ou idosos. Senti tanta raiva que perdi a cabeça. Então falei que o capacete dele combinava com suas atitudes. Ele parou e me perguntou o que aquilo queria dizer. Aí respondi a verdade: "Esse penacho vermelho que você carrega sobre sua cabeça o faz parecer um galo de briga. Você não passa de um arrogante, que não respeita os mais fracos. Saia daí e venha lutar comigo. Homem a homem, sem armas, porque não quero matá-lo, só derrubá-lo, para que aprenda a ser humilde e pare de machucar os mais fracos".

Teres riu com gosto e continuou a história:

– Então ele mandou seus soldados me jogarem nesta prisão até que eu perdesse meu orgulho.

– Ele foi bastante injusto com você. Quintus precisa libertá-lo. Vou falar com ele.

– Por que um romano iria ouvir você, rapaz? Acho que este lugar está deixando você com a cabeça de um jumento – Teres gargalhou.

– Não custa nada tentar.

Com a pompa costumeira, Alexandre se dirigiu ao soldado:

– Ó grande, poderoso, misericordioso, corajoso e forte Quintus Lulius Ferres, permita-me que eu me dirija a ti.

– Fale, mocinha grega. Sou todo ouvidos.

– Venho interceder por Teres, meu senhor. Ele está preso há muito tempo sem uma acusação formal. Liberte-o e serás reconhecido por tua grande misericórdia, qualidade dos gigantes.

– E por que eu faria isso?

– Ele já sofreu muito mais do que eu, sem nem precisar estar aqui.

– Tem razão, grego! Guardas, venham cá.

Todos na prisão silenciaram, curiosos. Queriam ver o que Quintus faria.

– Guardas, Teres já sofreu muito mais que Alexandre. Isso não é justo, não acham? Acho que temos que igualar o sofrimento dos dois! Tragam Alexandre para cá e apliquem nele trinta e nove chibatadas, nem uma a mais. Assim ele vai passar o resto da vida se perguntando por que faltou uma – disse, rindo escrachadamente.

Os braços de Alexandre foram amarrados em torno de uma coluna, e o martírio começou. Cada chicotada o fazia gritar de dor, até que desmaiou. Mas os soldados não pararam até que as trinta e nove fossem completadas. Depois, alguns prisioneiros tiveram compaixão dele e o tiraram dali para lavar suas feridas.

A coragem de interceder por outro prisioneiro daquela forma trouxe respeito e admiração para Alexandre. Nos dias que se seguiram, seus colegas deram parte de suas refeições a ele, para que se recuperasse logo. Demorou para que sua pele cicatrizasse e ele pudesse voltar a viver normalmente ali dentro.

Os dias difíceis na prisão só eram aliviados quando seus irmãos o visitavam. Muitas vezes Quintus não permitia que Alexandre os visse, então, nessas ocasiões, os rapazes apenas passavam pelas janelas algumas frutas, figos secos ou um pedaço de carne assada. Alexandre nunca comia sozinho, sempre repartia com todos.

Às vezes Quintus permitia que, sob a promessa de voltar, Alexandre pudesse sair por algumas horas para estar com sua família. Nesses dias, sempre sigilosamente, o chefe da prisão recebia algum presente em troca do favor.

Conforme o tempo passava, viver ali passou a ser um pouco menos sofrido. No entanto, a saudade ainda o castigava: desejava com todas as forças rever o sorriso mais lindo que já vira numa mulher.

20
Saul

Depois de longas conversas com sua nova esposa, Abbar enfim se sentiu pronto para enfrentar o assunto do qual vinha fugindo: a forma como Navit havia morrido. Nesse dia, chamou a filha e foi direto ao assunto:

- Hadassa, conte-me o que de fato aconteceu com sua mãe. Sei que ela não caiu do telhado.

Como Hava estava ao lado dele, a menina supôs que o pai já soubesse da verdade.

- Papai, eu não queria trazer mais tristeza para seu coração, então menti. Perdoe-me por essa transgressão. Minha mãe tirou sua própria vida. Eu a encontrei ao lado do rio Jordão com um frasco de veneno nas mãos. Foi muito triste.

Com frieza, o pai continuou:

- E o que mais você encontrou?

Hadassa então teve certeza de que Hava já tinha contado tudo a ele.

- Encontrei um caco de cerâmica em sua mão direita, e nele estava escrito "Saul".

A menina então contou ao pai sobre as hipóteses que seu tio Jessé levantara sobre a forma como Saul havia morrido e a possível relação daquilo com a atitude da mãe. Ouvindo a explicação, o pai franziu as sobrancelhas, engrossou a voz e disse que a mãe não sabia tanto sobre o texto sagrado a ponto de se lembrar daquilo num momento de desespero. Para ele, "Saul" não tinha o significado que Jessé tinha tentado imprimir.

- Então o que significa, papai? Por favor, diga-me, se souber. Não quero passar o resto da vida imaginando coisas que podem não ser verdadeiras.

Abbar ficou em silêncio por um momento, testando a paciência de Hadassa e aumentando ainda mais a expectativa que aquela conversa provocava nela.

- Fale logo, papai, não suporto a espera.

- Tenha respeito, Hadassa. Não me diga o que fazer. Ainda estou refletindo se devo contar isso a você.

A bronca veio acompanhada de um momento de nostalgia. O pai contou coisas que Hadassa ainda não conhecia sobre o início da vida a dois com a mãe: como se conheceram, como ele se apaixonou por ela...

– Navit jamais gostou de mim. Ela amava outro homem, um primo meu. Seus avós não queriam que ela se casasse com um pastor de ovelhas; desejavam que ela tivesse uma vida melhor. Preferiram conversar com meus pais e, com a promessa de que eu seria um sacerdote, fizeram o acordo de noivado.

– Por isso ela sempre foi uma mulher triste, papai? Poucas vezes a vimos feliz.

– Creio que essa seja uma das razões. Mas, nos últimos anos de sua vida, creio que outros assuntos tenham aumentado ainda mais sua dor.

– Ela se entristeceu quando percebeu que sua história iria se repetir comigo, que eu também teria que me casar com alguém que não amo. Mas o que tudo isso tem a ver com o nome escrito no caco de cerâmica?

– Saul era o nome do meu primo. Ela o amava, e diversas vezes fez questão de repetir isso quando brigávamos.

Hadassa finalmente entendera quais motivos tinham levado a mãe a tirar a própria vida, mas sua esperança de que o futuro pudesse sempre ser melhor a impedia de aceitar o fato.

– Ela podia ter lutado mais... Podia estar viva... Podia ter tentado ser feliz.

– Não seja tão simplista, minha filha. Por ter aceitado seu destino, sua mãe permitiu que você e Benjamin nascessem. Se não fosse assim, "o mundo jamais conheceria Hadassa", como você costuma dizer. E em razão disso agora pude conhecer Hava.

Abbar olhou para a esposa com uma espécie de carinho que Hadassa nunca vira sendo dirigido à mãe. Presenciar uma cena de tanta intimidade não era confortável para Hadassa, que tinha dificuldade em ver o pai com outra mulher, mas ela enxergava aquilo como uma oportunidade para que ele começasse a valorizar o amor em vez dos acordos; a vida em vez das regras.

– Mesmo assim, papai, acho que minha mãe podia ter lutado, ter esperado mais. – E repetiu uma frase que para ela fazia cada vez mais sentido: – Sempre há uma saída. O futuro ainda poderia ser muito bom. Ela não deveria ter desistido.

Hadassa dizia aquelas palavras como se tentasse, de alguma forma, se convencer delas, pois sonhava que houvesse uma saída para seu próprio destino, traçado pelo pai.

Pela primeira vez em muitos anos, o pai puxou Hadassa para perto e fez algo tão surpreendente que a fez chorar: ele a abraçou.

– Sinto muito, minha filha. Sinto por sua mãe. Ela não conseguiu ver a mão do Altíssimo no caminho traçado.

– O caminho que os homens traçaram para ela, não o Altíssimo.

– Não vou discutir com você, querida. Mas saiba que eu entendo o que você diz.

Benjamin, que estivera no cômodo ao lado ouvindo tudo, aproximou-se e os abraçou também. O suave choro compartilhado trouxe alívio aos três.

21
Despojos

Em Jerusalém, a guerra ainda não havia terminado, apesar de mais de quarenta mil pessoas terem saído de lá com a permissão do césar, o sagaz general Tito. Depois de passar diversos dias revistando todas as pessoas que desejavam fugir da cidade, o general pediu que Josefo subisse ao muro do templo e de lá convocasse o povo que ali ainda permanecia para ouvir suas propostas. Em primeiro lugar, todos deveriam entregar suas armas - lanças, fundas, arcos e flechas, espadas, sicas ou qualquer outra que pudesse ferir um soldado romano. Se alguém fosse encontrado portando qualquer uma delas, ainda que justificasse seu uso como proteção contra assaltantes, seria morto.

O discurso de Josefo, imponente por fazer parte do exército vencedor, não foi bem recebido pelos milhares de soldados judeus que ainda se dispunham a lutar. Simeão, o líder mais cruel, gritou do alto de um telhado que ele e seus homens tinham jurado jamais se render a Roma. Ainda afirmou que qualquer um de seus soldados que cometesse a desonra de se entregar seria morto por suas próprias mãos, afinal, os covardes e os traidores tinham causado todas aquelas desgraças ao povo de Jerusalém. Também prometeu vingar a destruição do templo e sugeriu que os romanos que quisessem viver deveriam desertar. Nenhuma parte da cidade seria entregue sem luta.

- Quem eles pensam que são? - bradou Tito a Josefo mais tarde. - Eles realmente acreditam que podem nos enfrentar? Nossos exércitos estão por toda a parte, e eles ainda acham que sobreviverão?

Levado pela indignação e pela raiva, chamou os líderes de suas legiões e bradou suas ordens:

- Quem prezava pela própria vida com certeza já abandonou esses destroços que insistem em chamar de Cidade da Paz. Que paz é essa, se nem os próprios hebreus a respeitam? Destruam tudo. Matem todo mundo e depois queimem a cidade, para que ela nunca mais se levante. Será nosso maior feito, e seremos reconhecidos por todo o mundo como os valentes que não deixaram pedra sobre pedra neste lugar maldito.

Mas nada aconteceu com a rapidez ou com a eficácia que Tito esperava. Os milhares de soldados de Eleazar, de João e de Simeão acreditavam na honra de padecer em combate em nome da obediência que deviam a seu Deus. Sua Cidade da Paz, dada a eles pelo Altíssimo, não seria desrespeitada com a vinda de adoradores de ídolos. Lutariam até a morte.

O conflito ainda se estendeu por longo tempo. A cada avanço das águias de Roma, um contra-ataque reavia o local para os judeus. Não parecia haver saída para nenhum dos exércitos: os judeus jamais desistiriam, e os romanos tinham decidido vencer, sem esperar que a fome realizasse seu trabalho macabro.

A quantidade de mortos por todos os lados aumentava a cada dia. Os soldados de Simeão tinham fugido, deixando seu líder para trás quando foi preso pelos romanos. Eleazar e seus homens conseguiram escapar pelos túneis.

Jerusalém, depois de muitos meses de luta contra seus invasores, foi inteiramente queimada. Tito vencera.

Os despojos foram recolhidos e selecionados. Em seguida, Tito levou para Roma, como sinal de seu triunfo e glória sobre os judeus, a menorá - o grande candelabro de ouro de sete braços, símbolo importante dos judeus -, uma mesa também banhada em ouro, cálices, vestes sacerdotais incrustadas de pedras preciosas e muitas outras riquezas que pertenciam ao templo. A indignação e a revolta dos sobreviventes continuariam a incomodar os romanos por onde quer que fossem.

Em Roma, o imperador Vespasiano realizou uma grande festa da vitória para os soldados. E, como celebração da conquista, ele e o filho executaram Simeão em praça pública, depois de terem-no arrastado com uma corda no pescoço que ele, em vão, tentava tirar. A população assistiu a tudo imersa num misto de medo e de risos constrangidos.

22
Ninguém ficará para trás

Em Jericó, não havia alegria, por maior que fosse, que pudesse tirar do coração de Hadassa a preocupação com Alexandre. Era simplesmente torturante não ter nenhuma notícia dele. A menina se fazia toda sorte de perguntas: *Onde ele está? No que está pensando agora? Será que pensa em mim todos os dias? Como está sendo tratado? Tem comido o suficiente? Tem passado frio à noite? É humilhado pelos guardas da prisão ou é respeitado por ser um cidadão romano?*

A distração da menina ficava a cargo de Yohanna, nas longas conversas que as duas ainda mantinham. A vida da prima e de seus irmãos mais novos tinha finalmente se tornado mais leve com a presença de Menashe, que vinha se mostrando um bom homem para Merabe. Ele trabalhava duro durante o dia e gostava de ver as crianças brincando no final da tarde, mas se sentiu muito mais realizado quando nasceu Isaac, que tinha orelhas de abano iguais às dele. Não entendia quando alguém fazia algum comentário debochado sobre as orelhas dos dois - feliz, se limitava a agradecer a observação.

Benjamin, crescido e mais forte, já conduzia as ovelhas sozinho, sem ajuda. Sua habilidade no trato com os animais era notável. A forma como montava e adestrava um cavalo novo, em especial, era admirada por todos. Galopar tinha se tornado uma atividade tão comum para ele que ninguém se surpreendeu no dia em que o menino avisou que uma caravana se aproximava. Imaginaram que ele estava longe e veio galopando antes da caravana ser vista por eles.

Embora ainda não fosse época de buscar cereais e vinho, Ettore estava de passagem apenas para dar notícias e para descansar depois de uma viagem para o sul. Foi dessa forma que Hadassa descobriu que Alexandre não seria libertado tão cedo. O desânimo que tomou conta dela era grande, porque torcia para que ele mesmo viesse na próxima negociação para levar trigo, vinho, uvas e figos secos. Matias, o irmão mais velho de seu amado, é quem viria para buscar os produtos.

Confirmados os valores e as quantidades, ficou acertado que o filho de Ettore chegaria em dois meses. Era o tempo exato para que as colheitas fossem realizadas e o vinho já estivesse pronto para ser acondicionado nos odres e nos barris. Todos ficaram felizes com a negociação, e Hadassa, mais do que qualquer outra pessoa, estava curiosa para conhecer Matias e ouvir histórias da infância dos irmãos. Qualquer informação sobre Alexandre já alimentava sua alma, e a única novidade que tinha obtido com a visita de Ettore era a de que seu amado tinha recebido a função de representante dos prisioneiros. Isso aplacava um pouco seu sofrimento.

Quando a data da vinda de Matias se aproximava, Hadassa percebeu que tudo já estava pronto para recebê-lo. Os armazéns cheios indicavam que ele chegaria em um ou dois dias. Certamente não demoraria mais que isso.

Como ela previra, poucos dias depois a poeira se levantou no horizonte, e, ao lado de Benjamin e das outras crianças, Hadassa correu para a entrada da fazenda para recepcionar os visitantes. A caravana ainda estava distante dali quando observaram que vinha rápido demais, por ser formada apenas por cavalos, sem a quantidade enorme de burros que normalmente eram usados para o transporte de toda a mercadoria. Não era Matias. Hadassa e as crianças voltaram correndo para dentro das casas.

O medo tinha retornado.

O grupo entrou na fazenda com bastante estupidez, e ainda do alto dos cavalos anunciou suas intenções:

– Venham todos para cá e me ouçam! Temos pouco tempo.

Era Eleazar. A voz dele era inconfundível.

– Os romanos acabaram de destruir a última comunidade que ainda resistia, ao norte, e estão descendo com toda a fúria e a selvageria que lhes são características. Pelas informações que recebemos, estão decididos a destruir Jericó, e chegarão logo. Precisamos pegar tudo o que puder ser levado em caravana: alimentos, roupas, cobertas, utensílios! Homens, busquem todos os seus cavalos, seus burros e ovelhas, se as tiverem. Deixem o resto para trás. Só vamos levar o que for útil para sobreviver em Massada.

– Massada? – gritou Abbar. – Aquele lugar é um deserto sobre uma montanha. O que faremos lá? Além disso, está guardado por uma centúria. Todos sabem disso.

– Vencemos há mais de um ano a centúria enviada por Gallica, a terceira legião, e o lugar tem ficado sob domínio zelote desde então. Alguns meses atrás, essênios remanescentes também se juntaram a nós lá em cima. Os romanos que tentarem subir serão esmagados pelas pedras e pela areia que atiraremos lá de cima, ou então serão mortos por nossas flechas. Temos milhares delas!

Os homens de Eleazar, em coro, confirmaram as intenções nada pacíficas dos romanos. Estava decidido: o melhor era abandonar a fazenda.

Hadassa se dirigiu ao pai:

– Não podemos esperar mais um dia ou dois? Os romanos ainda vão passar por Jericó, e precisamos vender os mantimentos. – Ela não se preocupava mais em demonstrar sua aflição. Queria pelo menos ver Matias e, através dele, sentir a presença de Alexandre.

– Não podemos mais vender os mantimentos, minha filha. Vamos precisar deles. Na fortaleza de Massada, tudo o que levarmos será necessário para nossa sobrevivência, até que os romanos desistam de nós.

A viagem levaria dois dias e seria bastante dura, pois o caminho beira o Mar Salgado, lugar de muito calor e sem água potável.

Depois de algumas horas montando a caravana, Eleazar ficou surpreso com a quantidade de trigo e outros suprimentos que estavam levando.

– Isso é muito bom! Teremos alimentos para muito tempo. Levem bastante água para a viagem também.

Enquanto todos terminavam de se organizar, Yohanna foi conversar com Hadassa.

– Vamos ficar! Podemos nos esconder de novo na gruta. Assim que Matias vier, podemos partir com ele. Assim você encontrará Alexandre e se casará. Todo mundo ficará feliz!

– É impossível, Yohanna. Ninguém daqui vai sobreviver se decidir permanecer em casa. Aliás, é preciso pedir que Benjamin vá a cavalo avisar nossos vizinhos! Como ele é rápido, voltará a tempo de ir com a gente.

Como era esperado, todos os outros moradores das adjacências da fazenda decidiram ir para Massada também. Assim que todos se aprontaram, vieram se encontrar com o restante da caravana.

Num último ato desesperado, Hadassa foi até a gruta para se despedir daquele local e tentar adiar quanto pudesse sua partida, tomada pela ilusão de que Alexandre pudesse aparecer para buscá-la. Quando Eleazar deu a ordem para que começassem a viagem, mandou um de seus soldados buscar a menina em seu refúgio.

– Sei que vocês já sofreram muitas perdas, mas temos que ir. Sua dificuldade de abandonar esse lugar que a acolheu tão bem é compreensível, mas ninguém pode ficar para trás. Os romanos não terão misericórdia.

– Nós prometemos entregar os mantimentos, e os compradores estão chegando. Demos nossa palavra.

– Mesmo que eles já tivessem chegado, não poderíamos vender nada a eles. Vamos precisar de absolutamente tudo. A fortaleza onde ficaremos não dispõe de grandes plantações, então será preciso levar comida para todos e para muito tempo. Vamos, suba aqui comigo. Eu conduzo você.

Com os olhos marejados, Hadassa montou no jumento. Em respeito à sua tristeza, Eleazar manteve silêncio, sem fazer ideia do verdadeiro motivo daquelas lágrimas. Por um momento, a menina se admirou com o respeito com que foi tratada, mas a concessão que fez a Eleazar parava por ali. Os dois logo começaram a discutir.

– Não quero me casar com você nem ser mãe dos seus filhos. Não serei esposa de um sanguinário.

– O tempo nos aproximará, Hadassa. Não vou forçar nada. Quanto à acusação que me fez, saiba que todo o sangue que derramei até agora foi por amor ao nosso povo e ódio aos invasores.

– Você assassinou vários dos nossos. Não tem misericórdia em seu coração. Eram judeus, mas para você isso não fez diferença. – A raiva tomava conta de sua voz, mas Eleazar não se deixava perturbar.

– Se os traidores fossem perdoados, logo haveria muitos deles, e todos nós seríamos trucidados pelos inimigos. Quando um exército não é firme com seus traidores, a mensagem é de que o governante é fraco, e isso desmonta a hierarquia. A guerra não é desejada por ninguém, mas, quando ela começa, não se pode fraquejar.

- Vocês só se importam em vencer, mostrar força, conquistar o poder. Por que não fizeram um acordo de paz com os romanos? Jerusalém não teria sido destruída, e nós não estaríamos aqui caminhando como formigas no deserto, sem saber se chegaremos ao nosso destino.

- Sua capacidade de discutir assuntos que não dizem respeito às mulheres me encanta cada dia mais, mas essa insistência em me derrotar com as palavras começa a me irritar.

Hadassa preferiu não responder, mas gostou de saber que irritava Eleazar. Naquele momento a caravana passava ao lado de Qumran, e ela se entristeceu ao se lembrar das histórias que tio Jessé contava sobre aquele lugar. Olhando para todos os lados, imaginava onde estariam escondidos os rolos sagrados.

Enquanto atravessavam um trecho descampado, algumas ovelhas que estavam sendo conduzidas pelos homens de Menashe se desgarraram. O líder zelote, percebendo a dificuldade de fazê-las se juntar ao rebanho, se aproximou. Quando dois homens fizeram menção de ir atrás dos animais, Eleazar os impediu:

- Benjamin, vá buscá-las! Depressa, rapaz!

Com extrema agilidade, o menino galopou e as trouxe de volta. Ele gostava de quando acreditavam em sua capacidade, então ficou satisfeito com a ordem dada por Eleazar. Hadassa, sem querer admirar aquele homem tão xucro, não deu importância para o gesto.

No momento em que terminavam de arrumar o acampamento para passar a noite, Matias chegou à fazenda. Ele e seus ajudantes não encontraram ninguém, mas decidiram dormir ali mesmo, evitando a viagem noturna. No dia seguinte tentariam encontrar alguém nos arredores que pudesse dizer o que tinha acontecido com todos os moradores.

De manhã, o grupo partiu para a cidade mais próxima, Jericó, imaginando que a causa da fuga teria sido a busca por segurança. Além disso, a ausência de qualquer mantimento indicava que a carga seria vendida, e Jericó tinha um bom comércio local.

Longe dali, a caravana dos judeus avançava rápido. Todos já sabiam exatamente o que fazer e tinham a prática do dia anterior.

Benjamin, percebendo que as ovelhas tinham voltado a acompanhar o grupo, aproximou-se de Abbar.

- Pai, a fortaleza é grande? Vamos poder levar cavalos?

- Não, meu filho. O palácio construído por Herodes fica no alto de uma montanha, então cavalos não conseguem subir, só jumentos. É o que sei.

- Ah. Então posso morar na parte de baixo da montanha?

- Não é sábio, pois os romanos vão achar que todos nós somos inimigos e não deixarão ninguém viver.

- Esses romanos são uns jumentos.

Enquanto a caravana seguia, Hadassa tentava ficar o mais para trás possível, pois achava que Matias os alcançaria. Não saber nada sobre Alexandre era pior que saber que estava preso.

- Mas ficar preso é muito ruim. Pobre Alexandre - discordou Yohanna.

- Quero saber se ele está bem na prisão, se não tem escorpiões, se os outros presos não o estão machucando...

- Quanta imaginação, Hadassa! Você só pensou em catástrofes. Ele pode estar bem na prisão. Talvez os romanos levem os prisioneiros para ficar embaixo de uma figueira descansando, tomando água numa fonte, refrescando-se no Jordão, beijando moças... Viu? Tanta coisa boa pode estar acontecendo com ele.

- Beijando moças? Yohanna, você gosta de me provocar, não é? - As duas se olharam sorrindo. Brincar aliviava um pouco o coração. - Obrigada por tentar me fazer pensar em outras coisas, mas onde ele de fato está? - E as duas riram.

Ao final do dia, chegaram ao pé da montanha, que os deixou muito impressionados: paredes íngremes, com mais de quatrocentos metros de altura, formadas por areia e pedras. Parecia impossível subir.

23
Massada

No alto, a muralha circundava todo o platô. Parecia desnecessária, já que as paredes funcionavam como obstáculos suficientes para qualquer tentativa de invasão. Do lado direito avistaram o palácio de Herodes, que se destacava da irregularidade da montanha, pois seu formato era perfeitamente circular e sua cor avermelhada contrastava com os penhascos pálidos. Dali de baixo já era possível admirar sua grandeza, mas o interior deveria ser ainda mais impressionante, pois aquela construção parecia flutuar sobre o abismo.

– Onde estão as aves que vão nos levar lá para cima? – Benjamin gritou para Eleazar. Se a dúvida não fosse de todos, teriam rido da brincadeira.

– Há uma rota, chamada de "caminho da cobra", na face leste da montanha, que nos leva até em cima. É muito perigosa em alguns trechos, em que mal cabe um pé ao lado do outro. Se alguém tropeçar e cair, certamente morrerá.

– Se é o caminho da cobra, é melhor nem tentar subir. Não quero morrer picado. – brincou Benjamin, extasiado com tamanha imensidão e beleza.

Quando todos estavam prontos para subir, cada um levando o que conseguia carregar, Eleazar organizou a subida em pequenos grupos, para aumentar a segurança de todos. Tomavam bastante distância, assim, caso alguém caísse, não derrubaria dezenas de outras pessoas que vinham atrás. O trajeto podia levar uma hora para uma pessoa bem-disposta ou muito mais tempo para alguém com dificuldade, como os idosos.

Benjamin não subiu de imediato, pois queria encontrar um jeito de levar pelo menos um cavalo lá para cima.

Abbar se aproximou da filha e, para a surpresa dela, perguntou-lhe se poderia carregar dois rolos de pergaminho contendo os livros de Ester e de Neemias.

– Como eles estão com o senhor, papai? Achei que tinham sido destruídos pelos soldados de Simeão no massacre lá na fazenda. Como...

– Sempre falei para Jessé que ele deveria guardar os livros como se fossem um tesouro. Quando éramos crianças, nós enterrávamos nossos pequenos brinquedos em um buraco ao pé da nossa cama e o cobríamos com uma tábua e um tapete. Procurei um lugar assim na casa onde Jessé morava e lá estavam. Acho que ele sabia que eu faria isso.

– Papai, isso é inacreditável! Levo os rolos, claro. À noite posso ler a história de Ester para as crianças?

– Leve os rolos e guarde-os em segurança na sinagoga que há lá em cima. Se o sacerdote Hezekiah estiver presente, entregue-os a ele.

As ovelhas não puderam ser levadas no mesmo dia, porque os homens teriam de voltar em duplas e amarrar cada ovelha pelos pés em uma vara. Assim, de cabeça para baixo, seriam carregadas montanha acima. Eleazar decidiu que somente os animais menores seriam levados, pois não haveria comida suficiente para as ovelhas adultas. Duas delas, então, foram preparadas em pedaços, para que fossem assadas assim que estivessem no topo, festejando a chegada.

Depois de algumas horas subindo, o grupo descansou nos inúmeros espaços cobertos que havia ali. Logo em seguida, centenas de homens, novamente comandados por Eleazar, foram buscar o restante dos animais. Subiam cantando canções em louvor ao Altíssimo de forma uníssona e ritmada, porque dessa forma a carga parecia mais leve. Quando os últimos terminaram a subida, já não havia mais a claridade do dia. Benjamin, um dos últimos a subir, queria acompanhar os outros na guarda dos animais, mas seu pai não permitiu. Às vésperas de mais uma guerra, seria arriscado demais.

As primas ficaram impressionadas com a beleza da sinagoga quando foram deixar os rolos de pergaminho com o sacerdote Hezekiah, e visitaram juntas tantos lugares quantos puderam. Numa grande construção, formada por dezenas de armazéns, encontraram muitos sacos de mantimentos e ânforas de vinho e azeite, uma quantidade que, na opinião das duas, duraria uma vida toda sem que fosse preciso plantar – na verdade, aquilo só valia para Yohanna, porque Hadassa não tinha a menor intenção de permanecer ali. Como a escuridão já tinha tomado conta do lugar, as meninas deixaram para continuar explorando os prédios no dia seguinte.

Eleazar tinha convocado alguns líderes e ordenado que acomodassem todas as famílias nas casas que ainda estavam disponíveis. Abbar, Hava, Benjamin e Hadassa ficaram numa acomodação melhor que as outras, mas ninguém questionou o privilégio. Yohanna, Merabe, Menashe, Isaac e os dois meninos foram instalados num local próximo, para a alegria de toda a família. Já Eleazar e um grupo de centenas de homens ficaram no palácio maior, com vista para o norte, para a estrada que vinha de Jericó e ladeava o Mar Salgado.

Antes que todos fossem dormir, houve uma pequena ceia para os recém-chegados, durante a qual conversaram alegremente sobre as vantagens de morar num lugar tão seguro e cantaram louvores.

Estar ali a salvo e protegida fez com que Hadassa tivesse um sono profundo e reconfortante, como há tempos não tinha.

24
Uma fortaleza impressionante

De manhã, para a surpresa de todos, o primeiro a se levantar foi Benjamin. Ele estava ansioso para visitar todos os prédios e espaços de Massada. Depois de medir o topo da montanha com seus passos, foi correndo contar a descoberta para a irmã.

- São três estádios e meio de comprimento e dois de largura. Parece um diamante gigante. É muito grande, bem maior que os pátios do templo!

- Que não existem mais... E já contou quantas pessoas estão aqui? É muita gente!

- Contando com vocês, agora somos novecentas e sessenta e sete pessoas - informou um senhor que ouvira a conversa. - Talvez cheguem mais algumas, pois sempre recebemos fugitivos em busca de um lugar seguro.

- Nossa, quase mil pessoas! E quantos daqui são soldados?

- São trezentos e cinquenta e três, mas temos armas para mais de cinco mil, além de flechas para matar uns dez mil romanos. Se for preciso, eu mesmo posso pegar um arco e matar pelo menos um dos romanos! - O idoso respondeu.

Benjamin, empolgado com aquela conversa, disse que os inimigos poderiam vir à vontade e que seriam recebidos com uma linda chuva de flechas.

- Hadassa, Yohanna, venham aqui! Venham! - Ele chamou, gritando e pulando de alegria ao mesmo tempo. - Venham ver, é uma piscina! Uma piscina!

- Que fantástico! - Disse Yohanna, curiosa para saber se havia mais surpresas. As primas tinham visitado cada lugar com calma e conversado com as mulheres que encontravam pelo caminho. Explicaram de onde tinham vindo, o que faziam e como esperavam que a guerra terminasse logo para que pudessem voltar a Jerusalém e a Jericó para recomeçar a vida.

- Eu vi uma casa de banho que tem água quente no inverno - contou Benjamin. - Eles acendem uma fogueira embaixo de uma panela gigante, então a água vai passando embaixo do chão, liberando vapor através de alguns buracos na parede. Foi isso que me disseram. O lugar é muito, muito, muito divertido!

Entusiasmado como sempre, Benjamin elogiou e descreveu todos os lugares que tinha visitado - e, segundo ele, havia muito mais, pois ainda não explorara os castelos.

As primas ouviam com atenção, ansiosas para conhecer tudo com os próprios olhos. Quando foram até as cisternas, ficaram sabendo que elas, além de muito grandes, existiam em grande quantidade. Duas delas, que ficavam mais longe dali, eram cobertas por longas tábuas de madeira, para evitar a entrada de sujeira ou de qualquer animalzinho, como um rato. Hadassa e a prima questionaram a razão de se estocar tanta água, e uma moça respondeu que só chovia uma vez por ano, então toda a água que escorria do pátio e dos telhados era captada por pequenas valetas que a conduziam a dois grandes buracos nas paredes de Massada. Quando a chuva parava, as mulheres iam buscar essa água para terminar de encher as cisternas, uma tarefa que levava dias.

- Por que os homens não buscam? Eles são mais fortes - disse Hadassa, sempre questionando o tratamento dado às mulheres e argumentando que não havia razão para que as coisas fossem assim.

- É que isso é trabalho de mulher - respondeu a moça.

Hadassa não tentou argumentar. Agradeceu a explicação e disse que ajudaria na próxima chuva, pois também era mulher - uma ironia que passou despercebida.

A estrutura de Massada era impressionante. A muralha que circundava todo o platô era dupla. Construída com pedras esbranquiçadas e coberta por vigas de madeira, permitia que as sentinelas percorressem toda a sua extensão com facilidade. Sob esse telhado, havia dezenas de depósitos de armas, flechas, espadas, escudos, pedras para fundas, além de lugares especiais para dormir. Sobre a muralha, mais altas que os muros, havia trinta e sete torres de sentinela, que permitiam uma vista livre da região. Além dessas pequenas torres, havia quatro muito altas, com trinta metros de altura, uma em cada extremo do platô. Ninguém poderia se aproximar sem ser visto pelos vigias dessas quatro torres maiores.

O pátio interno era todo formado por canteiros onde se cultivavam várias espécies de legumes, principalmente as mais apreciadas pelos refugiados. As plantas eram regadas somente ao fim da tarde, para que o sol não secasse os canteiros muito depressa. Além disso, a quantidade de água aspergida era mínima, para que as cisternas não fossem exageradamente esvaziadas pelo desperdício.

Embora a base da alimentação proviesse das hortas, ativas em quase todas as estações do ano, os vinte e sete armazéns estavam carregados de sacos de trigo, ânforas de azeite, muitos jarros de argila contendo tâmaras e figos secos e uma diversidade de outros produtos, incluindo muito vinho. O estoque era suficiente para que mil pessoas pudessem sobreviver por vários anos. Além disso, consumia-se carne fornecida pela criação de pombos que havia no local.

Hadassa e a prima então decidiram visitar os palácios. Ficaram sem palavras quando conheceram as construções por dentro, e a cada nova sala soltavam exclamações de deslumbramento. As paredes eram cobertas com afrescos coloridos de artistas muito talentosos, e desenhos geométricos formavam uma espécie de moldura para os murais. O piso de cada ambiente era diferente; uns com mosaicos coloridos, outros com mármores perfeitamente cortados e montados.

Mas o que mais as impressionou foi a casa de banho quente. A água aquecida da piscina era canalizada por baixo do piso, e as paredes todas eram ocas, para que o vapor circulasse por dentro delas. O ambiente era tão agradável que, uma vez lá dentro, ninguém queria sair. Aquele lugar, no entanto, era um refúgio que pertencia ao governador da Judeia, e não ao povo, e as regras impostas por Eleazar e seu grupo não permitiam que qualquer um usufruísse desse privilégio, reservado aos líderes e suas famílias. Essa situação incomodava Hadassa, que não pôde deixar de questionar Eleazar.

– Este lugar não é seu. Ele foi construído pelo povo a mando de um líder que bajulava Roma. Todos nós deveríamos ter o direito de desfrutar das dependências, já que vamos lutar para defender tudo isso.

– Minha noiva, como permitir mil pessoas aqui, se todos forem autorizados a usar? Tudo seria destruído num piscar de olhos.

– É muito simples organizar uma escala. Sua falta de interesse é...

– Isso. Faça isso, então – Eleazar a interrompeu. – Crie uma escala para que todos possam experimentar o banho quente pelo menos uma vez. Uma noite para homens, a outra para mulheres, e assim por diante. Boa ideia, Hadassa.

Surpresa com a aceitação, decidiu conversar com a prima e com Merabe para que o esquema todo fosse montado depressa. Dividiram a fortaleza por áreas, o que facilitaria o deslocamento e o controle, e naquela noite seria a vez dos homens que tinham ficado alojados nos aposentos mais distantes, ao sul do platô.

Enquanto as mulheres estavam discutindo outros detalhes, uma das sentinelas tocou o shofar. O toque alto e contínuo foi inesperado, já que não havia nenhuma reunião ou festa marcada para aquela hora. Por esse motivo, todos se assustaram e esperaram por más notícias.

25
Quinze mil soldados

- Os romanos estão chegando! - O grito foi repetido várias vezes, por todas as sentinelas.

Dois judeus que estavam ao pé da montanha abandonaram os animais e subiram, desesperados, com medo de ser alcançados, e um deles, afoito para alcançar logo a segurança das muralhas, escorregou. Por instinto, tentou se segurar e agarrou a perna de seu colega. Os dois então rolaram montanha abaixo, arrastando consigo pedras e areia. Um rastro de poeira se levantou. Assustados e pesarosos, lá de cima, as sentinelas declararam a má notícia:

- Nenhum dos dois está se mexendo. Com certeza estão mortos. Que tragédia!

As famílias dos dois começaram a gritar e a pedir passagem, porque queriam descer para confirmar a morte ou para buscá-los caso ainda respirassem. Como também poderiam morrer no caminho por causa da pressa para retornar, já que os romanos certamente os alcançariam, não foram autorizados a descer. As lágrimas tomaram conta de todos.

Os soldados de Eleazar, armados de arcos, flechas e fundas, aguardaram a aproximação do inimigo.

- É a décima legião, a *Fretensis*! - gritou a sentinela ao identificar o estandarte ao longe.

Aquela era uma notícia terrível. A legião, conhecida pela bravura e pela total falta de misericórdia com os derrotados, tinha aumentado seu efetivo e ficado ainda mais violenta depois de ter perdido muitos homens na destruição de Jerusalém. Eram então quatro mil e oitocentos homens, além de mais três legiões auxiliares, e os escravos que tinham à disposição somavam mais que o dobro dessa quantidade. O total do efetivo chegava a quase quinze mil homens. Massada estava em perigo. Nada poderia impedir sua destruição.

O general que assumira o controle da região da Judeia era Lúcio Flávio Silva, famoso por sua visão estratégica. Prevendo que poderiam ser rechaçados por uma pequena avalanche, sua primeira ordem foi para que ninguém tentasse subir a montanha. O terreno não permitiria o avanço das tropas. Assim que o efetivo inteiro chegou,

Silva ordenou que um grande muro com doze côvados[23] de altura por oito de largura fosse construído em volta da montanha.

Alguns dias depois, quando a obra já estava concluída, o comandante dos romanos, postado numa das partes mais altas para que sua voz pudesse chegar ao maior número de soldados, gritou:

– Não permitam que nenhum judeu, homem, mulher ou criança, passe por esse muro. Se alguém tentar, matem o desertor imediatamente. Sem misericórdia, já que a ignorância desse povo os faz acreditar que podem nos vencer.

O discurso inflamado de ódio continuou por alguns minutos, deixando claro que a estratégia adotada seria a mesma utilizada em Jerusalém:

– A fome e a sede vão destruir esses hebreus miseráveis sem que precisemos perder um só dos nossos homens. Dentro de um mês, no máximo, eles pedirão clemência e se renderão a nós.

– Silva, eu lhe darei uma sugestão – retrucou Eleazar, que tinha escutado tudo à beira da muralha. – E o farei de todo coração, como um presente a você. Nós sobreviveremos a um mês com facilidade. Na verdade, temos água e comida para anos e anos. Quem vai sucumbir à sede e à fome não somos nós, então vão embora! Pegue seus homens e saia daqui enquanto ainda são honrados. Muito em breve estarão imersos em discórdia, e é bem provável que você seja destituído por seus próprios soldados! Isso vai acontecer em menos de um mês, conforme sua própria previsão.

– Desça aqui, hebreu! Se se entregar, dou minha palavra de que pouparei seu povo e matarei somente você. Mas se eu precisar subir para buscá-lo, não terei misericórdia de suas crianças, suas mulheres e seus idosos. Vou assassiná-los na sua frente! Minha tropa vai realizar seus desejos mais carnais com as mulheres que estiverem aí, e as crianças, que nos servirão para sempre como escravas, terão as línguas cortadas para que suas vozes não incomodem nossos ouvidos. Por último, todos os homens serão mortos. Separaremos as

23 Côvado era uma medida muito comum na época, utilizada pelos romanos e pelos judeus. Media aproximadamente meio metro.

cabeças dos seus corpos e as faremos rolar montanha abaixo, mostrando às mulheres que, se desejarem, poderão seguir o mesmo caminho. Então, Eleazar, desista! Se não o fizer, será responsável pela morte desses inocentes que o seguem!

Eleazar, percebendo a inquietação do seu povo, anunciou:

– Não caiam nas mentiras desse porco romano. Independentemente da minha decisão, ele não pouparia ninguém! Mas não vamos nos entregar nem perder essa guerra! Os romanos não conseguirão subir a montanha nem atingir nossa fortaleza inexpugnável.

Voltando-se para Silva, Eleazar continuou:

– Silva, sua proposta nos agradou. Mande subir um soldado para cada um de nós. Somos mil pessoas aqui em cima. Cada romano acompanha, na descida, um judeu. Pode mandar subir os primeiros.

As gargalhadas dos judeus ecoaram nas montanhas e irritaram ainda mais o general.

– Eleazar, não há respeito em suas palavras, portanto não haverá respeito em nossas ações! – Disse o general do alto do muro de circunvalação antes de se retirar.

Era possível observar toda a movimentação romana lá de cima. Quase todos os dias havia inúmeras pequenas caravanas transportando alimentos provenientes da região. Viam-se centenas de barris de água vindos de Bersheba; trigo, azeite, queijos, ovos e cereais – com os quais se fazia um mingau muito apreciado por eles assim que acordavam –, em especial a cevada, trazidos de Hebrom e de outras fazendas próximas. De Ascalom chegavam de navio peixe seco e produtos como lentilhas, grão-de-bico ou mais vinho.

A movimentação de comerciantes a serviço dos romanos era enorme. Alimentar quinze mil pessoas todos os dias exigia muita organização e uma grande oferta de produtos, uma logística que custava caro. Além de contar com os comerciantes estrangeiros, Silva ordenou que algumas de suas centúrias fossem saquear fazendas e cidades próximas.

No alto de Massada não havia falta de alimentos ou de água, o que dava uma importante vantagem aos judeus, que tinham sua sobrevivência garantida por anos. Não dependiam da vinda de comerciantes.

A falta de notícias sobre Alexandre era insuportável para Hadassa. Ainda que soubesse ser impossível, a menina sonhava com sua libertação. Imaginava-o aparecendo ao seu lado, como que por milagre, dizendo: "Venha, vamos embora daqui. Vamos para a ilha de Rodes, morar em Lindos. Lá farei de você a mais amada, respeitada e valorizada entre as mulheres".

Sempre que percebia que a prima ficava pensativa, em silêncio, Yohanna perguntava:

- Como será que está Alexandre?

- Não faço ideia, prima. Talvez tenha morrido em um combate dentro da prisão, ou talvez tenha sido assassinado por um dos guardas...

- Pare, Hadassa! - A prima tentava animá-la. - Chega de pensar em tragédias. Talvez ele tenha se tornado amigo dos guardas. Pode estar sendo bem tratado, como se fosse um deles.

Ela tinha vontade de acreditar nas hipóteses otimistas da prima, mas estava sem notícias do amado havia tempo demais. A saudade se confundia com o luto de suas perdas recentes, deixando-a cabisbaixa. Certa vez, enquanto caminhava sem rumo, Eleazar interrompeu suas divagações.

- Hadassa, o que acontece com sua alma? Por que tanta tristeza? Venha, caminhe ao meu lado. Eu a ouvirei com atenção e aliviarei seu coração com uma palavra de alento.

As mudanças radicais no comportamento de seu noivo a assustavam. Num momento, ele gritava com os soldados que comandava; no outro, como se fosse outro homem, falava palavras doces para ela. O melhor a fazer parecia ser fechar ainda mais seu coração, sem compartilhar absolutamente nada.

- Mas não se preocupe. Estamos muito mais livres aqui que nossos inimigos lá embaixo. Eles não vão subir até aqui, então podemos continuar vivendo nossas vidas em paz. Que sorte a minha poder me deleitar com a visão dessa mulher tão linda andando ao sol, que, invejoso, escurece diante de tanta beleza - elogiou-a Eleazar, no momento em que uma pequena nuvem sombreou o platô.

Surpresa pelo comentário, Hadassa sorriu, e ele então aproveitou para elogiá-la ainda mais. A menina, no entanto, conseguiu escapar:

- Preciso voltar para casa. - E, confusa com aquela sensação, saiu de perto dele sem olhar para trás.

26
Mensageiras da morte

Observar a movimentação dos romanos a partir dos muros havia sido interessante no começo, mas a rotina tinha tornado aquela tarefa cansativa. Exceto para Benjamin. O menino, interessado nos cavalos, sabia como eram tratados, onde eram guardados, quantos guardas tomavam conta deles e a que horas trocavam de turno. As descobertas, no entanto, não eram muito valiosas, uma vez que ninguém ousava descer.

Certa feita, percebendo a escassez de água pela qual os inimigos passavam, Eleazar resolveu provocar, na intenção de desanimá-los. Chamou todas as crianças maiores e disse que a piscina estava liberada para que brincassem de correr e pular na água. O barulho da abundância soou como uma grande humilhação para Silva e seus centuriões. Ouvir aquele líquido precioso sendo esbanjado funcionava como uma confirmação daquilo que Eleazar havia falado sobre ter água e comida para diversos anos. As tropas sedentas desanimaram. Cada vez que um soldado recebia sua cota a sede era aliviada, mas a raiva era ampliada.

– Ainda hoje você terá o que merece. Aguarde, judeu nojento! – Silva gritou para Eleazar.

Aquilo intensificou as andanças por cima da muralha de Massada. Preocupados com a represália do general, os soldados observavam os inimigos o tempo todo e viram três catapultas novas sendo montadas. Pela velocidade com que trabalhavam, elas estariam prontas ao final da tarde. Estava claro que Tito havia enviado seus engenheiros para que as construíssem e ajudassem Silva na tomada desse último foco de resistência.

Eleazar chamou todos os seus comandados e os orientou quanto aos lugares mais seguros: deveriam permanecer sobre os muros, mas do lado oriental, oposto às catapultas. Como a montanha era muito alta, dificilmente uma daquelas pedras chegaria com força o suficiente para destruir as casas ou os castelos.

De repente, ouviu-se um grande barulho. A primeira pedra tinha sido lançada, atingindo a parede da montanha, pouco abaixo da muralha.

– Estão fracas hoje, mocinhas? Seu brinquedinho não funcionou como esperavam? – Os judeus, protegidos pelo platô, gargalhavam, sentindo-se aliviados.

O objetivo daquele primeiro lançamento era apenas calibrar as máquinas de guerra. Logo a seguir, a destruição começou. Outra pedra atingiu o telhado de um dos armazéns, fazendo com que um pedaço da parede ruísse. Uma rocha de formato redondo caiu no pátio e rolou até a muralha oposta sem destruir absolutamente nada, mas anunciando que a demolição estava se aproximando. Uma terceira atingiu a muralha, fazendo apenas um buraco pequeno. Os judeus poderiam consertar o estrago em poucas horas, então não houve comemoração por parte dos romanos.

Muitas das ofensivas atingiam o pátio, que estava vazio, e não provocavam danos. Apenas três delas chegaram a atingir telhados ou paredes, mas ninguém foi ferido. Funcionavam, no entanto, como mensageiras da morte: caso atingissem um grupo ou uma casa habitada, as pessoas certamente morreriam.

– Silva, obrigado pelas pedras arredondadas. Já formamos uma boa coleção. Assim que vocês se aproximarem ou tentarem subir, nós as devolveremos rolando sobre seus soldados! E, claro, esperamos que dessa vez elas machuquem, pois aqui em cima só fizeram cócegas.

O escárnio foi geral. À medida que a confiança dos judeus aumentava, crescia também o ódio romano por aquele contingente inimigo diminuto. A verdade era que, se estivessem em um campo de batalha, os judeus já teriam sido inteiramente dizimados.

A notícia do cerco ineficaz a Massada chegou a Roma, irritando bastante o imperador Vespasiano. O líder então enviou mensageiros a Silva, determinando que os engenheiros deveriam ser consultados e aproveitados de forma mais eficiente. Além disso, os sicários deveriam ser eliminados. Nada justificava os gastos altíssimos para manter por tanto tempo um exército de quinze mil homens contra um pequeno grupo de miseráveis judeus. As novas ordens deveriam ser cumpridas imediatamente.

Alguns meses se passaram e sem que a situação se alterasse, Flávio Josefo foi convocado por Silva para tentar um acordo.

- Com todo o respeito, general, mas, quando tentei dialogar com aquele selvagem estúpido, além de não triunfar em nenhum dos meus intentos, ele incitou o povo contra mim. Se eu subir, jamais voltarei - ao menos não com vida.

- Esse é um problema exclusivamente seu. Você é da raça deles, então ache uma maneira de fazê-los desistir. Diga-lhes que todos serão poupados se Eleazar e vinte de seus soldados se entregarem. Mas, caso recusem minha benevolência, todos morrerão - e da pior forma, com mais crueldade do que usaram contra seu próprio povo em Jerusalém. Se não desistirem dessa idiotice, serão presos em jaulas e morrerão de fome, devorando os próprios bebês, como essas bestas já provaram ser capazes de fazer. Que isso se cumpra o quanto antes. A rendição nos poupará meses de trabalhos forçados neste deserto maldito esquecido pelos deuses.

27
Um líder na prisão

Depois da tortura pública do açoitamento, Alexandre se tornou uma espécie de herói respeitado por todos, deixando de ser o alvo de possíveis emboscadas - como soube mais tarde, os outros prisioneiros planejavam matá-lo, então a atitude de Quintus tinha sido para protegê-lo. Quando se recuperou, voltou a se dirigir ao carrasco com toda a pompa e bajulação, como se jamais tivesse sido punido.

- Alexandre, prepare seus amigos para um trabalho especial. Vamos construir uma ponte. Quem tentar fugir será crucificado, e você, morto.

Todos os dias o grupo de prisioneiros era levado para a beira do rio e trabalhava exaustivamente na construção da cabeceira. Em algumas semanas chegariam as grandes vigas, que logo seriam cobertas por pequenas toras para dar sustentação ao conjunto. Os romanos vez ou outra chicoteavam algum prisioneiro para que ninguém trabalhasse menos que seus companheiros.

Certo dia, ao ser chicoteado, Teres gritou para seu algoz:

- Seu grande filho de uma meretriz! Estou trabalhando, não está vendo?

Imediatamente um grupo de soldados o cercou e puxaram suas espadas. Alexandre, instintivamente intercedeu:

- Não sou filho de nenhuma meretriz! - replicou Alexandre de imediato, aplicando um soco no rosto do trácio. Fez isso para que os romanos pensassem que a discussão era entre os dois e que Teres não havia insultado um dos soldados. Pois certamente o soldado o mataria por causa do insulto.

Os romanos riram e se aproximaram para ver a briga, mas Teres entendeu que tinha sido salvo da morte e voltou a trabalhar. Ninguém quis confrontá-lo, pois para os romanos sua força na obra era muito útil.

Mais à tarde, quando todos estavam recolhendo as ferramentas, uma decúria se aproximou.[24]

24 Pequeno grupamento militar romano composto de aproximadamente dez soldados da infantaria ou da cavalaria. Seu comandante era chamado de decurião.

– Quem é o prisioneiro grego Alexandre?

– Que desejam? Quem são vocês? – respondeu Quintus.

– Somos da *Fretensis*. Temos ordens para levar o prisioneiro grego para Massada.

– É aquele ali.

– Senhores, irei com vocês, mas é necessário que eu leve meu escravo pessoal, o trácio Teres – disse Alexandre aos soldados, dando um passo à frente.

Quintus, para se certificar de que Teres não era escravo, e sim um cidadão romano cumprindo pena, decidiu checar os registros.

– O grego está falando a verdade. Não há um registro em seu nome, então ele certamente é um escravo, não um cidadão romano. Venham!

Teres se limitou a olhar para Alexandre e abaixar a cabeça. Seu destino fora da prisão seria uma grande incógnita.

Os soldados levaram os homens para o porto e os fizeram embarcar num navio que já estava à espera, com destino a Ascalom.

– Escravo, não precisarei mais de seus serviços – Alexandre disse quando desembarcaram. – Você está livre. Fique por aqui e procure um comerciante de nome Ettore, que ele o empregará. Diga-lhe que seu amo Alexandre o libertou.

Os soldados romanos hesitaram, sem querer permitir que Teres ficasse, mas foram interrompidos pelo decurião:

– É melhor assim. Um a menos para nos perturbar. Nossas ordens são para levar o grego, só isso, então vamos embora. Ainda temos uma boa caminhada até a fortaleza. Nossos cavalos já estão prontos! – Os romanos então partiram com Alexandre, deixando Teres em Ascalom.

O trácio se encontrou com Ettore no dia seguinte e foi recebido com gratidão pela família de Alexandre, que se lembrava de tê-lo visto durante uma visita à prisão. A mãe do grego chorou por não ter reencontrado o filho. Estava aliviada por saber que estava vivo, mas a falta de informações sobre o destino de Alexandre só aumentava suas preocupações.

28
Josefo e Alexandre

Quando o grupo que trazia Alexandre chegou ao pé da montanha, Josefo de longe avistou o rapaz e se sentiu aliviado ao ver que suas ordens tinham sido cumpridas.

– Alexandre! Que bom que a prisão não foi capaz de tirar sua vida – saudou-o, correndo em sua direção. – Você será útil para mim, e como recompensa receberá um pouco da nossa conhecida misericórdia. – Josefo falava como se fosse um romano, e sua arrogância deixava Alexandre nauseado.

– Estou quase desfalecendo, então não sei como posso ser útil. A prisão não é um lugar que nos torna mais fortes. Além disso, nós dois tivemos responsabilidade na libertação da família de Abbar e, que eu saiba, só eu fui punido.

– A explicação transcende nossa razão. Meu Deus me protege, já os seus zombam do seu destino. No entanto, você será útil assim mesmo. Depois de receber comida e água, subirá Massada comigo. Penso que você já sabe que sua carga preciosa está lá em cima.

A confirmação de que Hadassa estava com ali sobre o platô o fez explodir de alegria. Ela estava viva e possivelmente bem! Queria subir correndo para poder beijá-la.

– Como salvei sua vida na última vez em que nos encontramos, creio que está na hora de você me retribuir o favor. – Josefo continuou: – O general quer que eu proponha uma rendição a Eleazar. O problema é que aquela gente quer minha cabeça. Se eu subir, vão me cortar em pedaços, e minha cabeça virá rolando até aqui.

– Até que enfim uma notícia boa! – zombou Alexandre. – E o que você espera de mim exatamente?

– Que convença Abbar a interceder por mim diante de Eleazar, para que eu possa subir ao seu lado.

– Ao meu lado? Os judeus não me deixarão subir, achando que trabalho para vocês, e então nós dois seremos mortos. Não me parece uma boa ideia. Acho que prefiro morrer na prisão.

Não foi fácil para Alexandre esconder sua alegria. Havia muitos meses que sonhava em reencontrar Hadassa, e vê-la, ainda que de longe, já traria calma para seu coração.

– Se você for ao meu lado, sim, nós dois poderemos subir. – Josefo continuou a persuadi-lo. – Só dependeremos da autorização de Eleazar. E se ambos sobrevivermos, como certamente acontecerá com sua intervenção, prometo-lhe a liberdade. Todas as acusações que recaem sobre você serão retiradas. Você tem a minha palavra.

– Então permita-me conversar com Silva primeiro, para que eu possa tirar de lá Abbar e sua família. Vou dizer que ele é um sacerdote fariseu, sem nenhuma ligação com os zelotes.

– Não. A única maneira de ter sua amada de volta é me ajudando a convencer Eleazar a se entregar, para que o povo seja poupado. Se isso não acontecer, todos eles morrerão, incluindo a filha de Abbar.

– Isso não é uma negociação, é uma ameaça! Aquelas pessoas amam Eleazar e não o entregarão.

– Também acho que não, mas o próprio Eleazar, vendo que poderá salvar mil pessoas, vai se entregar voluntariamente. Ele vai morrer de qualquer forma, então que sua morte possa salvar aquelas pessoas. Você e eu o convenceremos disso. É o melhor a fazer por aquele povo. Não quero o sangue de inocentes em minhas mãos.

– Você, Josefo, é tão bom nas palavras que quase consigo acreditar nelas.

– Basta de discussão, Alexandre. Não temos muito tempo, e a paciência do general Silva não é grande.

Os dois, então, se aprontaram para a longa caminhada.

29
Uma proposta irrecusável

Do alto do muro de circunvalação, Flávio Josefo gritou requisitando a presença de Abbar ali na muralha. Passado um tempo, dezenas de pessoas surgiram e, entre elas, o sacerdote e a esposa, acompanhados de Benjamin, Hadassa e Yohanna.

- Abbar, estou aqui a mando do general Silva. Precisamos subir para conversar com vocês e depois descer em segurança. Já que o senhor conhece a mim e a Alexandre, interceda por nós perante Eleazar para que tenhamos a garantia de voltar com vida.

O coração de Hadassa disparou. Suas mãos tremiam e sua respiração tinha se tornado ofegante. Se pudesse, teria pulado lá de cima direto para os braços de seu amado. Olhá-lo, mesmo de tão longe, só a fez constatar que, de todos os homens ali embaixo, ele era o mais lindo, viril, atraente e com certeza, o mais amado.

- Josefo, como é que você ainda tem coragem de andar ao lado dos leitõezinhos carregadores de bandeiras de águias e inimigos do nosso povo? - provocou Eleazar, que tinha ouvido tudo. - Se subir, não tocaremos em você, mas deixaremos as pedras fazerem esse trabalho, empurrando o de volta na velocidade que Deus decidir. - Os risos de deboche ecoaram.

- Eleazar, sei que o senhor é um grande líder e que ouve o conselho dos mais sábios - prosseguiu o representante do general, sem se deixar abater pelo comentário. - Tenho uma proposta a fazer a todos que estão aí. Caso a aceitem, vocês serão poupados. Dou a minha palavra. Deixem que eu suba para explicar detalhes, porque minha garganta já não aguenta mais gritar.

Embora Eleazar conseguisse ouvir os termos do acordo em alto e bom som, pedir para subir fazia parte da estratégia. Ali no alto da muralha cabiam poucas pessoas e, para Josefo, quanto mais gente ouvisse as condições do acordo, mais pressão o líder sofreria. Curioso sobre o teor das propostas, o povo pressionou Eleazar a permitir que os dois subissem.

- Está bem, macaquinho, suba com seu amigo. Não iremos tocar em vocês dessa vez. Mas venham sem nenhuma espécie de arma. Se qualquer um dos dois estiver armado, ambos morrerão!

A dupla começou a subir com muito cuidado. Tudo o que Alexandre desejava era abraçar Hadassa longamente, mas sabia que uma ousadia como essa não seria permitida. Deixou-se então sonhar acordado, afinal, não havia nada que pudesse fazer. Josefo, com bastante medo de ser morto, durante a subida pensava em como poderia articular seu discurso sem levantar a ira daquelas pessoas.

Silva e um grupo de centuriões estavam sentados à sombra da barraca maior, assistindo à subida, e riam das gozações que Marco Túlio fazia dos judeus. Mesmo de longe, Túlio gritou:

- Josefo, se puder carregar um pouquinho de peso, traga aquela escrava bonita, filha do sacerdote. Diga a ela para vir me servir.

Do alto da muralha, Hadassa podia ouvir os gritos sarcásticos do centurião e os risos de seus colegas, mas sua atenção estava longe dos romanos. A ansiedade pela chegada de Alexandre era imensa, impossível de disfarçar. Seus olhos estavam marejados. A prima, ciente da situação, abraçava-a de lado, trazendo um pouco da serenidade necessária para o momento.

Chegando ao pé da montanha, Flávio Josefo disse que, a mando do general, tinha um recado destinado a cada um que estava ali no platô. Deram-lhe água para beber e, depois que descansou um pouco e retomou o fôlego, começou a falar:

- Povo escolhido pelo Altíssimo...

- Sem bajulações, traidor! Vá direto ao assunto - Eleazar interrompeu.

- Sim, é o que farei. Povo do Altíssimo, tenho uma mensagem que me foi incumbida pelo próprio comandante das tropas que estão ali embaixo. A proposta não partiu de mim, nem é de meu desejo ser o intermediário dessa situação, pois se eu tivesse o poder de interferir, teria conseguido a paz em Jerusalém sem que a cidade tivesse sido destruída. Como vocês sabem muito bem, milhares de judeus se salvaram da morte certa quando obedeceram ao grande general Tito se abandonassem suas espadas. Ele cumpriu sua promessa, e vocês foram testemunhas da benevolência de nosso grande comandante.

- Fale logo de uma vez, Josefo. Não tem vergonha de adular tanto esses líderes romanos? - Eleazar voltou a interferir. - Esqueceu que você é judeu e que pode ser morto por eles a qualquer momento? Diga logo qual é a mensagem.

– O acordo de Silva consiste no seguinte: Eleazar e vinte de seus homens deverão se entregar. Quando isso acontecer, vocês todos poderão descer daqui e terão suas vidas salvaguardadas. Pensem bem na proposta: vinte e um homens poderão salvar a vida de centenas que estão aqui.

– Novecentos e sessenta e sete – gritou Benjamin, acompanhado da gargalhada nervosa dos judeus.

– Vejam! Quase mil pessoas serão salvas! Resta saber se Eleazar de fato se importa com a vida de vocês. Se não aceitarem a proposta, que acredito ser muito misericordiosa, todos vocês morrerão. Palavras do general.

Durante toda a fala de Josefo, Alexandre e Hadassa se olhavam fixamente, como se nada daquilo estivesse acontecendo. Suas almas ansiavam por um abraço, mas ambos sabiam que as consequências seriam muito graves, já que ela estava noiva de Eleazar. Se ele suspeitasse daquela paixão, certamente mataria Alexandre. De longe, sem poder falar ou sair de perto de Josefo, ele discretamente abriu a mão ao lado de seu corpo para mostrar a ela a pedrinha, símbolo do amor que eles haviam jurado ser eterno.

Aquilo foi suficiente para provocar em Hadassa choro e riso ao mesmo tempo, ainda que disfarçadamente. Yohanna acompanhava de perto a comunicação ousada e quase imperceptível entre os dois e, num rompante de maturidade, para evitar que a cena fosse percebida por alguém, fez algo inusitado: puxou Hadassa para longe dali.

Quando Josefo terminou de passar seu recado, havia uma agitação geral entre os judeus, que já tinham começado a se dividir. Muitos queriam que Eleazar se entregasse, pois poderiam se salvar, mas outros diziam que, por todas as humilhações a que os romanos tinham sido submetidos, o massacre seria geral. Ninguém sobreviveria para testemunhar a falta de palavra do comandante romano.

Josefo, percebendo que a proposta de Silva poderia não ser aceita, repetiu uma de suas ameaças.

– Povo abençoado, ouvi da própria boca do general algo que me assustou muito e que vocês devem levar em conta antes de aceitarem qualquer decisão de Eleazar. Silva disse que se a generosa proposta trazida por nós como uma mensagem pacífica não for aceita, ele prenderá muitos de vocês em jaulas e os deixará morrer de fome.

Além, é claro, de todas as maldades que vocês sabem muito bem de que os legionários são capazes de fazer. Não há saída. Enviem logo Eleazar e vinte de seus soldados.

Assim que acabou de falar, Josefo se virou para descer e puxou a túnica de Alexandre para que o acompanhasse. Era melhor não aguardar as reações de Eleazar ou do povo por ele comandado.

Antes de desaparecer atrás da muralha, Alexandre voltou seu rosto a tempo de ver a mão levantada de Hadassa segurando uma pedrinha com a ponta dos dedos. Seu coração acelerou, inundado por uma sensação de esperança de vê-la salva de tudo aquilo, mas ainda receoso de que Eleazar não aceitasse a proposta. Hadassa estava em perigo mais uma vez. Seu destino não conseguia se libertar das consequências das decisões que outras pessoas tomavam.

– Vamos atacá-los! – Gritou um dos soldados de Eleazar.

– Não, deixem-nos ir. Alexandre salvou a vida da família de Abbar lá em Jerusalém. Vamos cumprir nossa palavra. – E dirigindo-se ao povo, gritou: – Um líder de cada família deve se dirigir ao palácio para decidirmos juntos o que fazer. É uma decisão que cabe a todos nós, e não somente a mim e aos vinte escolhidos.

A forma respeitosa como falou aos judeus era também o início da tentativa de permanecer vivo.

Já dentro do palácio, os líderes convocados estavam alvoroçados. Cada um defendia sua opinião, e Eleazar percebeu que poderia perder a discussão. Então tomou a palavra, e o eco de sua voz naquele salão enorme fez com que todos silenciassem.

– Senhores! É bem sabido por todos que o general Silva precisa demonstrar força e coragem ao imperador Vespasiano. Se Roma souber que ele fez acordos com um pequeno grupo de judeus que humilhou um exército inteiro, não receberá honra nenhuma por sua fraqueza. Portanto, acreditem em mim, meus irmãos, Silva matará a todos nós assim que pusermos o pé lá embaixo. Não podemos acreditar na palavra dessa víbora. Ele está comandando a Judeia há pouco tempo e precisa ser reconhecido como um grande líder, não como um "negociante" de escravos, como provavelmente seria chamado.

Abbar solicitou o direito de falar:

– Mas, Eleazar, existe uma chance de ele estar falando a verdade. Sabemos que em qualquer das hipóteses haverá mortes: ou você e mais vinte, ou, segundo suas próprias palavras, invadirão Massada. De qualquer maneira, todos seremos mortos. Portanto, há uma chance para que mais de novecentas pessoas sobrevivam, basta você se render. Claro que a ideia não me agrada nem um pouco, mas se há uma pequena chance de vivermos, por que não lutar por ela?

- Isso mesmo! - gritou Hadassa. - Temos uma chance, e você não tem o direito de tirá-la de nós.

Os soldados imediatamente a seguraram, e Eleazar gritou:

- Quem foi o incompetente que deixou uma mulher entrar aqui? Levem-na! Além de ser mulher, ela não foi convidada para esta reunião. A decisão é nossa!

Dois guardas a seguraram pelos braços e a empurraram para fora do palácio, ameaçando-a de açoitamento se voltasse. Ela se aprumou e, antes de sair correndo, olhou para eles de longe e revidou:

- Idiotas! Vão morrer por beijarem os pés do seu líder.

Depois da interrupção, Eleazar retomou seu discurso:

- Não pensem que sou egoísta por não lhes dar a chance de viver. A verdade é que essa chance simplesmente não existe. Romanos não têm palavra, têm gládios e escudos. Seremos mortos? Talvez, mas antes de isso acontecer traremos a morte para o maior número de romanos que conseguirmos. Nossa coragem será lembrada para sempre.

- Como já argumentei, seremos vencidos - Abbar retrucou. - Todos nós morreremos. Então por que não damos ao restante do grupo a chance de viver? Prefiro dar ao general a oportunidade de ser conhecido por falar a verdade.

O salão mais uma vez foi tomado por um burburinho, e cada um queria defender a própria opinião sobre o assunto. Menashe, que era tímido e quase nunca se manifestava, gritou pedindo silêncio. A situação foi tão inusitada que todos pararam de falar. Então continuou:

- Escutem, meus irmãos. Não quero morrer pela espada romana sem ter uma em minhas mãos. Somos como Davi, que derrubou Golias com uma pequena pedra. Não podemos desistir, pois o Altíssimo está do nosso lado. Pode ser que nossos inimigos nos tirem daqui, mas levarei pelo menos um romano para a cova comigo. Eleazar lutou por todos nós, e agora querem traí-lo e entregá-lo ao inimigo?

Uma desonra dessa jamais seria perdoada por nosso Deus. Prefiro morrer e estar ao lado do Criador a viver mais alguns anos para ser enviado direto ao *sheol*.[25] Render-me? Jamais.

O impacto daquelas palavras foi suficiente para que a maioria decidisse por continuar lutando. Os homens, esbanjando orgulho, coragem e ousadia, prometiam matar vários legionários assim que pusessem os pés no platô. Eleazar estava salvo.

Saindo do palácio, o líder subiu na torre ocidental e gritou aos romanos.

– Silva, seu macaquinho não nos assustou. Não iremos nos entregar! Nosso povo tem honra suficiente para lutar até a morte. Peça a seus falsos deuses que enviem suas águias para carregar vocês até aqui em cima, pois sem isso jamais subirão. E lembrem-se: ficaremos aqui até nossa velhice. Só ela pode nos levar deste mundo.

Ainda assustado com as palavras de Eleazar, Benjamin pediu à irmã que contasse a história de Ester naquela noite. Ele disse às outras crianças que ela era muito interessante e bonita, pois falava de uma rainha que tinha salvado a vida de muitos judeus. O que o menino queria, na verdade, era que alguém pudesse salvar todas aquelas pessoas. Em sua cabecinha ingênua, a irmã era a única grande heroína capaz daquilo.

– Sim, meu irmãozinho. Qualquer noite dessas leio a história para você e as outras crianças. Talvez hoje.

25 *Sheol* é frequentemente traduzido como sepultura, mas alguns textos antigos afirmam que os judeus daquela época acreditavam ser um lugar onde as almas impuras aguardavam o julgamento final.

30
O destino de Alexandre

Assim que desceram da montanha, alguns legionários os cercaram, e Josefo ordenou:

- Levem-no de volta para Cesareia e deixem que apodreça na prisão! Ele não convenceu ninguém a se render.

- Josefo, você é um mentiroso! - Alexandre se indignou, porque o traidor nem ao menos tinha solicitado que ele intercedesse ou falasse algo quando estavam em cima do platô. Os soldados o amarraram e o colocaram sobre um cavalo. Com todas as forças que ainda lhe restavam, gritou: - Desgraçado! Morra, infame! Traidor! Que seu Deus o encha de feridas e que seu corpo apodreça, filho de uma meretriz!

Os gritos de Alexandre continuaram a ser ouvidos por muito tempo. Os soldados que o levavam, numa tentativa de acalmá-lo, diziam que deveria agradecer por ser romano, caso contrário já teria morrido.

No caminho, lembrou-se de todo o sofrimento que o esperava na prisão e entristeceu-se. A esperança de abraçar a amada era cada vez menor. Será que Eleazar mudaria de ideia e se entregaria? Será que os romanos cumpririam sua palavra e libertariam Hadassa e todos aqueles judeus? Haveria uma saída para ela? Viver ainda valia a pena?

Com as mãos amarradas nas costas, curvado sobre a sela, imaginou-se na gruta com Hadassa. Sentiu seu perfume, ouviu sua voz suave. Aquelas lembranças tão intensas fizeram com que esquecesse por um momento que estava voltando para a prisão. Ao menos em sua imaginação, Hadassa estaria sempre ao seu lado.

Imaginou-se correndo por um campo de murta ao lado de duas meninas cujas faces eram pequenas cópias da mãe. O aroma agradável das flores fazia com que Alexandre se lembrasse da gruta, dos abraços, dos beijos e de todo o carinho que haviam demonstrado um ao outro. As meninas eram divertidas e sorriam como Hadassa. Elas o chamavam de papai. Sua amada olhava com ternura para os três se divertindo. A vida poderia ter sido boa. Poderia ter tido significado. Poderia ter existido uma saída.

O turbilhão de imagens em sua mente aumentava ainda mais sua dor, mas, de alguma forma, traziam consigo a esperança, ainda que pequena, de que Massada pudesse desafiar a morte. Viver tinha que ter sentido. Onde estavam seus deuses? Por que não lhe respondiam? Por que todas as suas boas ações durante tantos anos não eram levadas em conta? Talvez porque nenhum deles era o verdadeiro e único deus a quem ele deveria se curvar: o amor.

O amor era o motivo absoluto pelo qual tinha valido a pena viver até então. Lembrar do sorriso, da voz e do toque dos lábios de Hadassa era o que fazia sua alma se acalmar. A vida não teria sentido sem ela.

31
Uma nova construção

Silva não retrucou o discurso de Eleazar. No dia seguinte, iniciou um deslocamento de tropas que surpreendeu a todos. A maior parte do contingente mudou de lugar, indo para o oeste, lado oposto de Massada, local em que a parede não era tão alta. Ainda assim, os soldados não ousariam se aproximar, porque os judeus poderiam atirar flechas e pedras em sua direção. Nem mesmo os legionários compreenderam os objetivos de seu general, mas obviamente obedeceram.

Reunido com seus engenheiros, Silva observou Massada e os arredores e, após uma longa conversa, montou um plano de ação. Lá de cima, a curiosidade fazia com que cada pessoa desse uma olhadela.

- Hadassa, o que eles vão fazer? - perguntou Benjamin.

- Não faço a mínima ideia, mas certamente não será algo bom para nós.

As catapultas tinham sido posicionadas, mas por alguma razão os romanos não estavam atirando. Diversas pedras arredondadas, além de outras irregulares, do tamanho ideal para uso nos artefatos, estavam sendo estocadas. Iriam usá-las, mas quando?

Centenas de soldados sem os escudos e sem seus gládios começaram a se deslocar, levando para mais perto da muralha caixotes e ferramentas para carregar areia.

- Uma rampa. Os desgraçados vão construir uma rampa! - falou Eleazar para seus companheiros mais próximos. - Não sabem que temos flechas? Assim que se aproximarem, nós os mataremos.

A notícia da construção da rampa logo se espalhou, e Benjamin não conteve uma de suas brincadeiras:

- Eleazar, quando a rampa estiver pronta, podemos atirar as pedras para cima deles. É só Silva mandar mais algumas para nós.

Uma base muito larga, composta de areia e pedras, começou a ser formada. A construção era tão grandiosa que os soldados de Eleazar ficaram preocupados.

- Senhor, essa rampa não é para trazer as tropas, é para algo maior. Acho que vão aproximar as catapultas.

– É, parece que sim. Mas, se já aprendi alguma coisa com os romanos, foi que eles sempre aparecem com mais algum tipo de arma. Só não sei qual será dessa vez.

Em Massada, o estado dos ânimos combinava com o clima: o outono, com suas noites cada vez mais frias, deixava as pessoas mais silenciosas.

Quando o inverno chegou, a rampa já estava grande e próxima o suficiente para que as flechas pudessem fazer algum estrago. Eleazar organizou um grupo numeroso de arqueiros ao longo da muralha: os do centro receberam a ordem de mirar nos soldados mais distantes, e os arqueiros posicionados na lateral apontariam para os inimigos mais próximos. Dado o comando, atiraram. Uma chuva de flechas cortou o vazio e atingiu centenas de soldados. A maioria ficou ferida e se afastou da rampa, mas muitos deles morreram ali mesmo.

Percebendo que havia tido muitas baixas, Silva ordenou que a obra parasse. À distância, pôde ouvir a festa que os judeus faziam lá em cima, cantando e gritando para agradecer ao Altíssimo pela vitória.

Os dias se seguiram sem nenhuma movimentação aparente. Os judeus chegaram a acreditar que seriam poupados, mas então o que parecia ter terminado recomeçou.

Como precisava mostrar ao imperador sua glória como general, Silva mandou capturar centenas de judeus em fazendas e vilas próximas dali. Pequenos grupos de cativos, então, eram obrigados a andar ao lado de soldados romanos. Dessa forma, caso os arqueiros de Massada tentassem rolar pedras ou atirar flechas nos inimigos, correriam o risco de acertar outros judeus. Eleazar não desejava matar ninguém de seu povo – ainda que no passado já o tivesse feito, justificando as mortes como sendo de traidores ou covardes –, então sua estratégia precisou ser abandonada. A rampa terminaria de ser construída.

Meses se passaram e, com eles, o fim do inverno se aproximava. A primavera, que sempre trazia a esperança de novos frutos, agora anunciava a batalha.

32
A história de Ester

Numa tarde quente primaveril, Hadassa, como tantas vezes já fizera, quis levar às crianças um pouco de alegria, fazendo-as pensar em outras coisas. Contando com a ajuda de seu irmão e de Yohanna, espalhou a notícia de que naquela noite contaria algumas histórias dos heróis do povo judeu. Como havia prometido fazia tempo para seu irmão, a da vez seria a da rainha Ester.

O pai de um dos meninos, no entanto, impediu que Hadassa buscasse o rolo de pergaminho, dizendo que ela não poderia lê-lo nem tirá-lo da sinagoga. Como já o tinha lido diversas vezes, estranhou a restrição repentina ao uso do livro, mas, sem querer discutir, disse:

- Senhor, permita lembrá-lo de um ditado: "O sábio busca a sabedoria, enquanto o idiota já a encontrou".

Resmungando, o homem deu as costas para o grupo e se retirou. Cenas como aquela - em que os homens saíam enraivecidos, sem se justificar, ou então impunham sua autoridade para calar as mulheres que ousassem desafiá-los - faziam com que Hadassa tivesse cada vez mais certeza de que o tratamento dado a elas era injusto.

- Venham, crianças, vou contar a história mesmo assim, porque já a sei de cor. Pelo jeito aquele senhor não quer que o texto original seja lido e que vocês aprendam sobre nossos antepassados - falou, olhando para o pai do menino.

O homem ainda murmurou mais alguma coisa enquanto se afastava. O enorme grupo de crianças seguiu Hadassa até uma das salas do palácio e sentou-se no chão, esperando ansiosamente pela história. Uma pequena lamparina de azeite, colocada sobre a base de uma ânfora virada de cabeça para baixo, foi acesa e colocada no meio do grupo. A suave luz alaranjada e o cheiro do óleo queimado criavam um ambiente familiar, de muita paz. Assim que as crianças fizeram silêncio, ela começou:

- Há muito tempo, o rei Assuero,[26] cujos domínios se estendiam desde a Índia até a Etiópia, decidiu dar uma grande festa de sete

26 Apenas no livro de Ester esse rei foi citado como Assuero. Em outros registros é conhecido como Xerxes ou Artaxerxes, nomes gregos transliterados do persa.

dias para todo o seu povo. No banquete, enquanto todos os outros reis e príncipes da região tomavam vinho, riam e se divertiam, o rei mandou trazer a rainha. Ele queria mostrar a todos a formosura de sua esposa, que era lindíssima.

– Tão bonita quanto você? – perguntou uma menininha.

– Muito mais, é claro! – respondeu Hadassa, lisonjeada, provocando admiração nas crianças. – Mas a rainha recusou. O rei, então, ficou furioso e chamou os príncipes e os representantes de todos os povos sob seu reinado e perguntou o que deveria fazer. Por unanimidade, aqueles homens decidiram que a rainha Vasti deveria ser expulsa do reino por desobedecer ao rei. Para eles, se a rainha desobedecesse, todas as outras mulheres do reino iriam começar a desobedecer. Não aceitavam que isso acontecesse. Mas, se querem saber minha opinião, Vasti estava certa.

Nada era mais valioso para Hadassa do que esses momentos em que podia falar livremente sobre a importância das mulheres.

– Afinal, Moisés não ordenou que as mulheres obedecessem a seus maridos. Elas foram feitas a partir da costela de Adão, que é muito melhor do que o barro – disse, embalada pelos risos e pelos gritinhos das meninas, que cantarolavam: "Vocês foram feitos de barro!". – Mas voltemos à história. Os empregados do rei Assuero disseram a ele que deveria encontrar outra rainha e lhe trouxeram centenas de moças para que ele escolhesse uma. Na capital, havia um judeu cuja filha era a mulher mais linda de todo o mundo. O nome dela era Hadassa.

As crianças gritaram em coro o nome de Hadassa, expressando uma alegria incomum naqueles dias. Sorrindo, ela continuou a história:

– A menina era órfã e tinha sido criada pelo tio, Mordecai, como se fosse sua filha. Quando o rei viu Hadassa, se apaixonou por ela e a escolheu para ser sua rainha. Assuero então mudou o nome dela para Ester e se casou com ela. É por isso que o livro que eu queria trazer aqui tem esse nome. Mas poderia se chamar Hadassa.

As crianças cantaram mais uma vez:

– Hadassa! Hadassa! Hadassa!

– Deixem-me continuar. Certo dia, Mordecai ficou sabendo que dois empregados estavam planejando matar o rei. Ele então contou para a sobrinha, que avisou ao marido. Quando o rei descobriu que era verdade, ficou muito grato a Ester e a Mordecai por terem salvado sua vida. Mais tarde, Assuero escolheu um dos príncipes de suas cento e vinte e seis províncias para liderar todos os outros e ser seu braço direito. No entanto, o escolhido, um homem chamado Haman, era inimigo do povo judeu. Aproveitando-se de seu cargo, Haman, junto com seus companheiros, consultou *pur*, a sorte, e colocou todos contra os judeus: tinha convencido o rei a estabelecer um decreto para que os judeus fossem mortos e suas riquezas fossem tomadas para o palácio. Quando Ester soube de toda essa artimanha, explicou ao rei o que havia acontecido, contando sobre a forca que Haman havia construído para matar Mordecai. O rei, então, mandou matar o traidor na sua própria forca, e depois nomeou Mordecai como o principal líder de todas as províncias. E foi assim que aconteceu. Ester, agindo com muita sabedoria, conseguiu convencer o rei, por isso ela salvou o seu povo. Esse livramento, comemorado até hoje, é celebrado com a festa de Purim,[27] cujo nome vem de *pur*, a sorte que se virou contra Haman e trouxe o bem de volta para nosso povo. Entenderam?

A contação daquela história se revelou um momento cheio de mágica e de esperança para as crianças. Benjamin insistiu:

- Hadassa, por que você não convence o general Silva a parar de nos perseguir? Seu nome é Hadassa, não é? Por que querem tanto matar os judeus? Não fizemos nada contra eles!

- É verdade, Ben. Mas infelizmente não consigo nem falar com o general. Mesmo que conseguisse, ele não me atenderia. Acho que agora só a mão de Deus poderia nos salvar.

- Mas, Hadassa, se você vai se casar com Eleazar, você é a rainha de Massada. Por que você não convence esse rei a nos libertar? Ele pode falar com o general!

Sentindo-se impotente, ela respondeu, com delicadeza:

- Eu tentei, crianças, eu tentei.

27 *Purim*, em hebraico, é o plural de *pur*. Nos dias de hoje, é a data mais festiva do calendário judaico. As crianças usam fantasias - as mais procuradas são de Mordecai e de rainha Ester - e participam de desfiles e de concursos. Costuma-se também encenar peças teatrais sobre a história.

Todos permaneceram ali com Hadassa por mais algum tempo enquanto ela contava outras histórias com muito carinho. As crianças, fascinadas, não viram o tempo passar, e o sono as fez adormecer. Suas mães logo foram buscá-las, e Hadassa ficou sozinha com Benjamin. Ele não queria dormir, e disse que ficaria ao lado da irmã.

– Hadassa, por que você conta histórias mesmo com tantas pessoas dizendo para você não fazer isso?

– Irmão, um de nossos sábios disse que "a chama de uma vela pode acender muitas outras, mas a sua luz própria continua na mesma intensidade". Acho que o dever de cada um de nós é passar o conhecimento adiante. Mesmo sem ser um sacerdote, um dia você também poderá ensinar outras pessoas a respeitar o Tanach, pois você continua sendo uma "vela".

– Eu vou colocar fogo em tudo!

Enquanto iam para seus aposentos, os irmãos riram juntos, e Hadassa desejou que aquela paz pudesse existir para sempre. Imaginou como seria se os povos aprendessem a dialogar e ninguém precisasse morrer motivado pelo ódio. Suspirou profundamente e entristeceu-se mais uma vez, ao se lembrar de que os legionários não desistiriam.

33
Cabeça de carneiro

Quando a rampa estava quase concluída, um dos judeus chamou Eleazar:

- Veja, os romanos erraram os cálculos. A rampa não vai chegar até aqui em cima. Nossa muralha não será derrubada!

A notícia do equívoco se espalhou depressa, e um grande grupo foi até a muralha para fazer chacota dos romanos.

- Os engenheiros não calcularam direito? Querem nossa ajuda para fazer as contas? Romanos, como Eleazar bem falou, vocês vão precisar de águias para chegar até aqui! Venham voando até aqui em cima, ou voltem para casa antes que a vergonha os consuma! - zombaram os habitantes de Massada, sem que o exército retrucasse.

Um tempo depois, porém, outro tipo de movimentação na base da rampa indicava que os romanos haviam mudado de estratégia. Toras muito compridas, que estavam sendo fixadas e articuladas com precisão, sugeriam a construção de uma torre de assalto. Na parte frontal, chapas finas de ferro a protegiam contra flechas incendiárias, e perto do topo havia um grande aríete formado por um tronco maciço de madeira. A ponta era ornamentada por uma enorme cabeça de carneiro feita de metal fundido, e a face traseira contava com uma escadaria ampla, que permitia que cinco homens caminhassem lado a lado, de forma a proteger os soldados e permitir uma subida rápida. O tamanho da torre deixou todos em Massada impressionados: sessenta côvados, aproximadamente, altura suficiente para alcançar a muralha com facilidade. Por fim, um conjunto de seis rodas muito grossas, feitas de toras de madeira e envolvidas com tiras metálicas para suportar o peso da torre e a irregularidade do chão, dava-lhe um aspecto assustador.

Percebendo que não havia mais judeus ao lado dos soldados que empurravam a torre, Eleazar ordenou que as pedras redondas fossem jogadas rampa abaixo para barrar o artefato. A estratégia já era esperada por Silva, que havia mandado instalar em frente à base uma espécie de cunha revestida também de ferro. Dessa forma, as pedras batiam com violência, mas eram desviadas para as laterais. Nem mesmo a chuva de flechas incendiárias que os judeus arremessaram teve efeito sobre os romanos, que se protegiam com escudos ou mesmo atrás da torre.

Aos poucos, testemunhou-se em Massada uma cena aterradora: centenas de soldados empurravam a torre até aproximá-la o suficiente da parede da fortaleza. No topo, vários arqueiros impediam que os judeus contra-atacassem. Sem chance de resistência, o aríete começou a ser usado, e cada cabeçada do carneiro de bronze fazia um barulho estrondoso, como se a própria montanha fosse ruir.

Num ato de desespero, Eleazar ordenou que as vigas que formavam as estruturas de algumas casas fossem usadas para criar uma espécie de muro duplo preenchido por terra e areia, para absorver os impactos do carneiro de bronze. Com isso, o líder dos zelotes, que estudara as estratégias de guerra de Roma - sobretudo as batalhas perdidas -, tentava simular a forma como certa vez os gauleses derrotaram os aríetes de Júlio César.

Para a completa surpresa dos soldados de Silva, o plano de Eleazar correu como o esperado: quando o aríete enfim derrubou a primeira muralha, de pedra, surgiu a fortificação improvisada de madeira. O exército inimigo precisou reposicionar a torre para voltar a atacar com o aríete, mas a manobra não surtiu efeito algum, porque a cada nova batida a camada de terra e areia que se encontrava entre as paredes de madeira se compactava ainda mais. De repente, a enorme torre de assalto parou. O artefato ali parado, inútil, mais parecia um ídolo adorado pelos romanos - um deus falso e fraco.

Os gritos de alegria que ecoaram no topo da fortaleza, indicando que os judeus tinham vencido aquela batalha, duraram pouco, e foram interrompidos por uma chuva de flechas incendiárias lançadas por arqueiros que subiram na torre, dando a ela uma nova utilidade. A segunda muralha, com suas vigas de madeira muito secas, embora tivesse passado incólume aos golpes do aríete, certamente seria consumida pelas chamas. Aos judeus não restou outra opção senão pedir ao Altíssimo que mudasse a direção do vento e soprasse o fogo de volta para a torre. E então, como que por milagre, o vento mudou de direção, ameaçando a integridade da torre de assalto.

Mas enquanto o exército de Eleazar agradecia pelo pequeno milagre e observava o esforço inútil dos legionários, que a mando de Silva buscavam molhar o artefato flamejante, o vento desobedeceu. Como último recurso, os judeus tentaram jogar areia sobre o fogo, mas foram impedidos por uma nova chuva de flechas incendiárias. Não havia mais nada a ser feito. Com a nova muralha ardendo em chamas, Massada seria destruída.

- Amanhã, ratos de montanha, vocês sentirão o gosto da nossa espada! Assim que o sol nascer, ajoelhem-se para que suas cabeças possam ser cortadas com mais facilidade. Não temos mais paciência para bater espadas! - gritou de alegria o exército vitorioso enquanto caminhava de volta para o acampamento.

34
Eleazar e Hadassa discursam

A escuridão do fim do dia atingiu não somente os olhos, mas a alma dos bravos judeus. Logo após o confronto, Eleazar ordenou que o povo todo se reunisse, pois queria apresentar uma proposta que envolvia a vida de cada habitante de Massada. Abbar e Menashe se sentaram no chão, assim como Hava e Merabe, logo atrás dos dois. As crianças se acomodaram no colo de suas mães. Hadassa estava ao lado de Yohanna, e Benjamin, de olhos muito abertos, se aconchegou ao lado do pai. Com medo, o menino fazia ainda mais brincadeiras que de costume, mas já não despertava o riso de ninguém. O único som que se ouvia era o crepitar de uma pequena fogueira no centro do pátio.

– Povo escolhido – Eleazar começou seu discurso –, lutamos como pudemos contra nosso inimigo, mas não fomos agraciados com a vitória. Com a nossa Cidade da Paz cercada pelos romanos, fomos obrigados a lutar com nossos próprios irmãos por uma fatia de pão. Quando não tínhamos mais forças, destruíram nossas muralhas, nossas casas, nossos edifícios e, por fim, nosso tão sagrado templo. Depois, em nome da perseguição aos sicários, mataram sem distinção essênios, saduceus, fariseus e zelotes como nós. Na tentativa de proteger a cidade sagrada de Jerusalém, atacamos as tropas romanas em outras cidades, mas ainda assim milhares de judeus foram mortos com toda a violência. Mesmo após darmos uma trégua, deixando de enfrentá-los, concluíram que estávamos nos refugiando em pequenas comunidades e as destruíram sem piedade, incluindo Qumran. Sem nenhuma espécie de remorso, mulheres foram violentadas diante de seus maridos e filhos; crianças foram acorrentadas para servir como escravas; e, por fim, todos os homens foram torturados e assassinados. É com muito pesar que digo que só nos resta esperar um único destino: a morte. E, pior do que ela, violentarão nossas mulheres e filhas diante dos nossos olhos e levarão nossos filhos para que sirvam como escravos, até que se esqueçam de que um dia fizeram parte de nosso povo sagrado.

Enquanto Eleazar tomava fôlego para continuar seu discurso, o silêncio absoluto denunciava as almas feridas daqueles que o escutavam. Então, com a voz embargada, fez sua proposta final.

– Assim, diante de tão trágico e certo destino, proponho-lhes que nosso último ato seja de honra, glória, força e coragem e que, por meio dele, nosso inimigo seja desprezado e humilhado. Minha proposta é que nenhum romano tenha o prazer de extirpar de nossos corpos a nossa alma, pois nós mesmos o faremos.

Um grande alvoroço começou. Temerosas, as pessoas ali reunidas diziam que o suicídio não era aprovado por Deus, e que preferiam ser feitas de escravas a cometer tamanha blasfêmia. Percebendo que sua intenção não seria atendida, Eleazar retomou o discurso e explicou como tudo aconteceria.

– Irmãos, cada pai deve fazer um pequeno corte na lateral do pescoço de sua esposa e de seus filhos, que perderão muito sangue e adormecerão. A hemorragia não será estancada, e suas almas logo os deixarão. A dor será pequena perto da que poderíamos sofrer, e será sem violência, sem desonra. Depois, nós, homens, escolheremos dez irmãos que farão o mesmo com todos os outros. Através de um sorteio, um desses por fim tirará a vida dos demais e colocará fogo no palácio, nas casas e nas armas, deixando apenas a comida intacta, para que o exército de Silva saiba que não desistimos por fraqueza, mas por honra. E então o último homem, escolhido pela sorte, poderá tirar a própria vida ou esperar a chegada dos romanos ao nascer do sol. Esse ato de bravura será admirado por nossos adversários! Nossas almas continuarão a viver eternamente, livres de nossos corpos, que de qualquer forma padeceriam, então não há o que temer. Antes a glória de humilhar nosso inimigo com um derradeiro ato heroico que a morte pelas mãos desses impuros!

Tomados pela emoção, os ouvintes haviam se convencido com o discurso de Eleazar e pretendiam sem demora pôr fim às próprias vidas, mas foram surpreendidos por uma voz bastante familiar.

– Parem! Ouçam-me! – gritou Hadassa.

– Cale-se! Você é uma mulher! – censurou alguém, apoiado pelos demais.

Até que Abbar, usando da autoridade que ainda lhe cabia, bradou:

– Escutem-na! Jamais compreendi o dom que o Altíssimo concedeu à minha filha, mas agora percebo que sua mente sempre esteve à frente das nossas. Então peço que esperem e permitam que nosso

Criador revele ainda hoje o motivo pelo qual nos enviou Hadassa. Afinal, amanhã não saberemos de mais nada.

Em respeito à figura de Abbar, todos ali se calaram. Ainda que numa situação extrema, o momento tão sonhado por Hadassa, em que sua opinião seria respeitada e sua voz seria ouvida por todos, tinha finalmente chegado.

- Meu povo amado - começou a menina -, peço perdão pela ousadia em tomar a palavra, mas serei direta. Deus nos julgará de acordo com nossas atitudes individuais. Dessa forma, a escolha de tirar a própria vida não pode estar nas mãos de Eleazar, de Abbar, nem de ninguém: cada um de vocês precisa decidir por si. Certa vez fiz uma escolha por meu irmão que acabou causando uma grande tragédia em minha família. Então, para que ninguém sofra como eu com o peso de uma decisão errada, a escolha deve partir de cada mulher, jovem ou criança com idade suficiente para entender a seriedade dessa circunstância. Não digo que o ato de desprezar a espada inimiga e permitir que meu pai tire minha vida não seja corajoso, mas essa decisão precisa ser minha. O que quero que entendam é isto: você, e somente você, tem o direito de decidir sobre o próprio destino, seja ele o corte respeitoso de uma lâmina pelas mãos de alguém de nosso povo ou a ferida imposta pela espada romana!

Encorajada pelos olhares atentos, Hadassa, impetuosa, continuou:

- No entanto, existe algo maior que o nosso desejo. Por que optar pela morte se a mão de YHWH pode nos surpreender e nos trazer a salvação, ainda que no último instante? Lembrem-se de que o Altíssimo destruiu o exército egípcio inteiro no Mar Vermelho quando este tentou matar nosso povo. Imaginem o que teria acontecido se os hebreus tivessem cometido suicídio antes da chegada dos egípcios! Acreditem, o Altíssimo pode nos salvar novamente. É verdade que iremos morrer, sim, mas cada um a seu tempo, quando nosso Criador ordenar, e não sob as ordens de líderes humanos e imperfeitos. O medo não pode ser nosso guia! A falta de esperança não pode ser maior que a fé! A tristeza não pode decidir nosso destino! A dor não pode falar mais alto que nosso amor à vida! Não sabemos se vamos morrer ou viver amanhã, pois não temos a capacidade de prever o futuro. Que nossas almas sejam mais fortes que a angústia que nos cerca!

Durante todo o discurso, Hadassa não pôde deixar de pensar na hipocrisia daqueles que tanto haviam julgado sua mãe e que agora cogitavam aceitar a proposta de Eleazar. Tomada pela dor, enxugou as lágrimas com a manga de sua túnica. Enquanto as pessoas se afastavam, desesperançosas, Hadassa ainda encontrou forças para gritar:

– Sempre há uma saída!

35
Morte silenciosa

A escolha tinha sido feita. A pedido de Eleazar, vários vasos de cerâmica foram quebrados para que cada homem escrevesse seu nome em um caco. A tarefa era feita com muito pesar, porque nenhum deles queria ser escolhido para uma missão tão difícil quanto aquela. Eleazar, mostrando-se um grande líder, também participou do sorteio. Definidos os dez, as famílias foram para suas casas.

Mulheres e homens choravam a dor da despedida. Abraçavam-se várias vezes, sem vontade de consumar o destino que já lhes havia sido determinado. No entanto, sabiam que não podiam demorar. Com uma faca afiada, num movimento rápido e certeiro, os homens cortavam a veia jugular de seus filhos e depois de suas esposas. Por fim, ofereciam-se para que um dos dez escolhidos acabasse com sua aflição. Chorando, morriam abraçados a seus irmãos de fé, com a certeza de que tinham evitado a desonra, a humilhação, a tortura e a escravidão.

Naquele momento, a honra e a glória venciam a dor. A morte não era uma fuga, mas um enfrentamento: a resistência daquele povo representava um tapa na face de cada romano; a derradeira humilhação de cada legionário.

Abraçado a Isaac, Menashe constatou que não conseguiria ferir o filho, e pediu a Merabe que fizesse isso por ele. A dor profunda daquela cena, a mais triste que Hadassa já havia presenciado, levou-a a suplicar uma última vez ao pai que não tirasse a própria vida.

- Minha filha, você nos mostrou que essa decisão cabe a cada um de nós. Sei o que devo fazer, então não tente me impedir nem me convencer do contrário. Ainda que eu aguarde a vinda dos romanos, jamais terão piedade de mim, pois sabem que sou um sacerdote. Não me ajoelharei perante a espada romana. Por favor, Hadassa, não torne esse momento mais difícil do que já é.

- Eu o amo, papai! Não se preocupe, nós nos encontraremos ao lado do Altíssimo.

Enquanto se abraçavam, ela pediu perdão por tudo de ruim que suas atitudes tinham causado ao pai e disse que o perdoava também.

Chorando muito juntos, puxaram Benjamin para perto, para confortá-lo. Hava se juntou aos três, dizendo que seus pés seguiriam os pés do marido e que suas mãos nunca soltariam as mãos dele.

Abbar envolveu Benjamin com os braços mais uma vez. Acariciando a orelha mutilada do filho, procurou dizer palavras bonitas:

– Meu filho, você teria sido um excelente sacerdote, mas também teria sido um cavaleiro exemplar. Sempre desejei que você tivesse uma vida longa e feliz, e agora só peço que o Criador o receba em seus braços com muito amor. Eu o perdoo, meu filho amado.

– Eu também o perdoo, papai.

Não precisaram dizer mais nada. Despediram-se repetindo mais uma vez aquilo que todos já sabiam: que voltariam a se encontrar na presença do Criador. Antes de se afastarem, Hadassa tirou dos ombros de seu pai o peso de ter que tirar a vida de seus dois filhos.

Merabe deu um último abraço em Menashe e se afastou com Isaac. Junto com ela, Yohanna, Hadassa e Benjamin também partiram, para que não vissem Menashe e Abbar dar fim às suas vidas. E então, no meio do pátio, tomaram sua decisão.

36
Na torre

Enquanto caminhavam, Hadassa pediu a Merabe que aguardasse um pouco, porque precisava ficar a sós um momento.

– Deixe-me ir com você, Hadassa! – suplicou Benjamin com uma voz fraca.

– Preciso ficar um pouco sozinha, meu irmão.

– Juro que não digo uma só palavra. Só quero ficar do seu ladinho.

O brilho molhado em seus olhos a fez ceder.

– Tudo bem, venha.

Os dois então se dirigiram à torre leste, um pouco mais longe do incêndio da muralha. No caminho até lá, ouviam o choro e os gritos de desespero daqueles que ficavam por último e viam seus amados desfalecendo, enquanto o sangue abandonava seus corpos inocentes.

Cada degrau da torre era uma espécie de redenção que, ao mesmo tempo que os afastava do chão, onde muitos já estavam deitados imóveis para sempre, elevava suas mentes para longe dali. Lá de cima, a imensidão do Mar Salgado refletindo a luz das estrelas fez Hadassa se lembrar de seu amado. Ela então suplicou que ele um dia fosse libertado e pudesse ter uma vida feliz. Que encontrasse uma esposa que o amasse tanto quanto ela o amava. Que tivesse muitos filhos.

Olhando para cima, com as lágrimas borrando o brilho das estrelas, a menina questionou a humanidade. Dali podia ver os legionários sentados em roda e até deitados, provavelmente contando histórias de guerra e bravura. O cerco àquele pequeno grupo que havia ousado cuspir na face do grande império romano nunca lhe pareceu tão injusto e ilógico.

Hadassa orou. Agradeceu por ter tido a honra de conviver com a alegria de Benjamin e por ter experimentado a lealdade de Yohanna. Sentiu-se grata por todas as pessoas que Deus tinha permitido que cruzassem seu caminho. Reconheceu a bênção de ter conhecido Alexandre, de ter vivido a doçura de amá-lo.

Depois, pediu perdão. Pelo ato de desespero da mãe e de todas aquelas almas, que iam pouco a pouco deixando seus corpos. Implorou a Deus que a perdoasse por tudo o que viria em seguida.

O odor fétido de madeira queimada lembrou-a de que seu destino ainda precisava ser cumprido. Acompanhada de Benjamin, desceu da torre.

– Hadassa, peça ao general para não nos matar! – suplicou o menino. Mas dessa vez não procurou nos olhos da irmã nenhum sinal de esperança.

Quando voltaram a se juntar ao pequeno grupo, caminharam devagar para longe dos gritos, dos gemidos, dos abraços infindáveis daqueles que não queriam largar seus familiares queridos. Não havia mais por que ter pressa. Afastando-se para que as mãos do destino pudessem guiá-los, Benjamin, como um último lamento, disse baixinho o nome de todos que estavam ali: Hadassa, Yohanna, Merabe, Isaac, Ruben, Jubal e o dele mesmo, Benjamin. As sete vidas que tinham ficado por último.

Quando o sol estava quase nascendo, o palácio e todos os outros edifícios começaram a queimar. Movido por sua raiva, o último homem dos dez sorteados jogou sua tocha por cima da muralha, esperando que queimasse algum romano. Em seguida, decidiu não esperar os legionários e encostou a ponta de sua espada no coração e deixou seu corpo cair para a frente, sendo atravessado pela lâmina.

Em meio a chamas e sangue, mas também com a honra e a glória daqueles que desafiaram a escravidão e a morte, Massada ruía.

37
Uma resposta emocionante

O sol já havia raiado, refletido nas espadas e nos escudos dos legionários, quando Silva ordenou que seus homens operassem as catapultas e preparassem um ataque de flechas. Mas, para a surpresa de todos eles, não se ouviu nenhum grito, nenhum pedido de ajuda.

Os arqueiros no topo da torre de assalto confirmaram que não havia resistência. Imaginando que os inimigos estivessem escondidos planejando um contra-ataque, os romanos empreenderam uma invasão estrondosa, porém seus brados de fúria foram recebidos pelo mais sepulcral silêncio.

Tomados pelo medo, os soldados atravessaram o pátio vazio e, divididos em pequenos grupos, entraram de casa em casa à procura dos judeus. Encontraram-nos inertes, agarrados uns aos outros: mães e filhos, homens e mulheres que, vistos de longe, pareciam um único corpo, todos abraçados numa espécie de adeus coletivo e inanimado, como se o tempo estivesse com vergonha de fluir.

Mesmo os soldados mais endurecidos pela vida militar se impressionaram ao ver o corpo sem vida de uma mãe sentada no chão e curvada sobre seus dois bebês, cujas cabecinhas pendiam para fora de seu colo num sono interminável.

Andando sem rumo, com suas espadas arrastando pelo chão, os romanos não viam ali qualquer sentimento de vitória.

Quando Silva colocou seus pés no topo da montanha, Marco Túlio relatou o que acreditavam ter acontecido:

- Os judeus... eles... cometeram suicídio. Não sobrou ninguém.

- Por Júpiter, nunca vi algo assim! É preciso ter muita coragem. Será que um dia vamos conseguir compreendê-los? - refletiu o general, sem tirar os olhos daquele solo que havia testemunhado tanto horror.

Ao ver seu general cabisbaixo, os soldados se detiveram, e então o silêncio que se seguiu foi interrompido pelo choro de uma criança.

- Ouviram isso? De onde vem esse choro? - gritou Silva.

- Deve ser das cisternas, senhor. Vamos verificar imediatamente.

Denunciados pelo choro angustiado de Isaac estavam Merabe, Yohanna, Ruben, Jubal, Benjamin e Hadassa. O pequeno grupo havia feito sua própria escolha: tinha decidido viver. Afinal, sempre há uma saída.

- Ora, ora, ora, vejam só! - desdenhou Túlio. - Se não é aquele menino que nos enganou quando desceu da muralha para tomar água! Quero ver se consegue escapar agora. - E, olhando para Hadassa, balbuciou com malícia: "Você será minha".

O general Silva, ainda impactado pelo momento, tentou falar de bondade:

- Nas palavras de nosso grande comandante Tito, *diem perdidi* quando não se faz uma boa ação. Os deuses serão testemunhas de nossa boa ação de hoje: libertem esse grupo! Se o deus a quem adoram os poupou, quem sou eu para mandá-los para a morte? Libertem esses miseráveis agora mesmo!

- General, sua decisão é sábia e certamente agradaria a Tito - interferiu Túlio -, mas peço que reconsidere e deixe que eu os leve como escravos ao próprio Tito em Cesareia Marítima, onde se encontra para os jogos, como prova viva da sua esplêndida ação nesse cerco. Ninguém melhor do que ele para decidir com justiça sobre o destino deles! E dessa forma Tito poderá ouvir das próprias testemunhas o que realmente houve aqui nessa montanha.

- Tem razão, Túlio. Assim, ele poderá ouvir diretamente da boca dessas mulheres sobre o nosso triunfo!

Já longe da presença de Silva, enquanto se organizava a retirada do primeiro grupo de soldados, Hadassa e Merabe foram pressionadas a descrever em detalhes tudo o que havia acontecido em Massada. Flávio Josefo era mais uma vez o encarregado de fazer o relato oficial. A menina, no entanto, imersa em luto, se recusou a colaborar, então a tarefa coube a Merabe. Por mais que percebessem que Flávio enaltecia as ações dos romanos, não tinham mais forças nem vontade de discutir.

O relato da história, entrecortado pelo choro pelas pessoas queridas, durou algumas horas. Depois, dispensadas por Josefo, sentiram-se aliviadas por poder sair de perto da fumaça que ainda subia ao céu, levando consigo as almas de todos os seus.

Os judeus desceram a rampa sem trocar uma palavra.

As tropas romanas destacaram uma centúria para preservar o local e, dividindo o restante em suas legiões componentes, cada uma partiu para uma região. O destacamento responsável por levar os sete sobreviventes a Tito marchou para Ascalom, sua primeira parada, para então seguir a Cesareia.

No caminho, que levou dois dias, o pequeno grupo lidava, cada um da sua forma, com a grande dor da perda. Hadassa e o irmão, tendo vivido tantas tragédias, apenas se abraçavam em silêncio. Agora tinham apenas um ao outro, além da saudade do pai. Merabe acariciava seus filhos, sem acreditar que estavam todos vivos. Sabia que aquilo se devia à coragem da sobrinha, e talvez nunca na vida encontrasse as palavras para agradecê-la.

Assim que chegaram a Ascalom, Hadassa, num último ato de ousadia, pediu a Túlio que os deixasse ali mesmo e se poupasse do trabalho de levá-los a Cesareia. O centurião, além de rejeitar a proposta, com veemência, ameaçou:

- Escute, escrava! Como você sabe, meu superior ordenou que os entregasse a Tito, e caberá somente a ele decidir sobre o destino de cada um. Mas guarde minhas palavras: se forem libertos, todos irão embora, menos você! Há tempos não vejo uma mulher, e você servirá muito bem para o que estou planejando. Será minha escrava!

Numa tentativa quase ineficaz de conter a vontade de se atirar sobre aquele militar e arrancar seus olhos com as próprias mãos, Hadassa se juntou às outras crianças. Mas, na sua cabeça, ecoavam as palavras de um antigo provérbio: "O que protege a sabedoria é o silêncio".

38
Cesareia Marítima

- Veja! É Ettore! Olhe lá, naquele outro navio ali! - Benjamin gritou para Hadassa quando estavam prestes a embarcar num navio romano.

Ao pôr os olhos nos irmãos, o pai de Alexandre, percebendo a delicadeza da situação, tentou se informar com os guardas sobre o destino de seus velhos conhecidos. Soube que estavam indo para Cesareia, e, decidido a ir para lá também, numa tentativa de fazer algo por eles, partiu antes com seu navio, já carregado com os produtos que havia comprado na região. Seu plano era comprar os sete, caso fossem vendidos como escravos.

Na tarde daquele mesmo dia, os judeus desembarcaram em seu destino, e na manhã seguinte, conforme havia sido combinado, Túlio se dirigiu ao palácio, para tentar se reunir com Tito. Erguida sobre um promontório, ao lado do mar, a construção era ornamentada por uma piscina suntuosa que, em meio à aridez do deserto, só escancarava ainda mais a pobreza do povo. "Quando Cesareia é grande, é porque Jerusalém é pequena. Quando Jerusalém é pequena, Cesareia é grande", costumava-se ouvir ali, em razão da histórica alternância de poder entre essas duas cidades, que já haviam abrigado a cúpula romana diversas vezes.

Túlio foi surpreendido por certo alvoroço ao se aproximar do palácio, até que se lembrou de que no dia seguinte haveria a abertura oficial dos Jogos Olímpicos. Com a organização do evento quase finalizada, restava esperar a chegada dos últimos gladiadores e de alguns cavalos, que vinham da Hispânia. A cidade estava cheia: além das milhares de pessoas da região que vinham prestigiar as competições, muitos estrangeiros aproveitavam a ocasião para comercializar suas mercadorias, incluindo animais e escravos. A presença de Ettore, então, não causava suspeita.

Ao ser anunciado a Tito, o centurião relatou com detalhes as proezas do general Silva: o bem-sucedido cerco a Massada, a rampa erguida em pouquíssimos meses, mesmo com recursos escassos e em meio a inúmeras provocações dos judeus. Mas deixou para o final o que havia de mais impressionante naquela história: o grande suicídio coletivo.

Um longo silêncio se seguiu. Impactado por aquela informação e ainda incrédulo quanto à bravura daquele grupo de judeus, Tito perguntou:

- Quantos tiraram suas vidas?

- Quase mil pessoas, senhor. Soldados, velhos, mulheres e crianças. Restaram apenas duas mulheres e cinco crianças, que encontramos escondidas numa cisterna, aterrorizadas. Num ato de misericórdia, o general Silva poupou suas vidas, dizendo que não ousaria contrariar o deus deles, que os havia poupado da morte, e por isso fui encarregado de trazê-los aqui, para que você os veja com seus próprios olhos e decida sobre o destino daquelas almas.

- Traga logo esses sobreviventes até mim! Que privilégio os terá poupado da morte enquanto todos os outros tiveram um fim tão trágico? Traga-os imediatamente!

Túlio já esperava esse pedido, e havia inclusive orientado os judeus sobre como se dirigir àquele que também era seu comandante. Deu um sinal para seus soldados, que trouxeram os prisioneiros o mais depressa que puderam.

- Você é o menino que tentou nos enganar pedindo água! - exclamou Tito, reconhecendo Benjamin. - Você cresceu, mas nunca me esqueceria de seu rosto! Como pode ainda estar vivo? O deus que vocês seguem deve mesmo ter algum poder, afinal. Vejo que sua irmã, que ousou me enfrentar para defendê-lo, também conseguiu sobreviver. Estou certo?

- Sim, está, ó grande e poderoso general - disse a menina. - Jamais foi nossa intenção ofendê-los. Apenas tínhamos muito medo de morrer.

- Morrer? Não me parece que esse medo tenha passado por sua cabeça, menina. É como sempre digo: *diem perdidi*! Para que meu dia de hoje não seja perdido sem uma boa ação, vou libertá-los, assim como o general Silva já o fez. Vão embora, crianças! Sigam o caminho que o destino reservou a vocês.

Abraçados, Hadassa e Benjamin trocaram um sorriso. Acompanhados por Merabe e as outras crianças, mal haviam começado a caminhar ao longo da grande piscina do palácio quando Tito os chamou de volta:

- Esperem! Voltem! Acabou de me ocorrer algo. Você não é a bela mulher que havia sido comprada pelo mercador grego? Aquele que ousou enganar Marco Túlio para que você e sua família fossem libertados?

- É verdade, ó grande general - disse Hadassa, com a cabeça baixa. - Escapei da morte certa porque Alexandre me quer como esposa. Fui salva por amor! O mundo todo sabe sobre a grande misericórdia dos líderes romanos, então muito humildemente suplico ao senhor que o tire da prisão. Se assim o fizer, nosso Deus o encherá de graças!

- Deus? O seu deus mais uma vez? Quero mesmo ver o quanto ele é poderoso! - E, virando-se para seus soldados, ordenou: - Tragam o prisioneiro grego!

Impedidos de sair dali e paralisados pelo medo que dominava seus corações, restou ao grupo esperar. E, em meio ao alvoroço da multidão que se aglomerava para esperar o início dos torneios, Hadassa ouviu Benjamin dizer baixinho:

- Veja! Ettore e sua família estão ali, em cima daquelas muretas. Lá longe!

39
A última batalha

Assim que os soldados trouxeram Alexandre, Hadassa chorou. Não apenas por vê-lo magro e abatido, mas porque podia pressentir que algo ruim estava prestes a acontecer.

- Quero ver o deus dos judeus agindo, então abram espaço! - ordenou Tito. - Marco Túlio, já que você se deixou enganar e subornar pelo grego, é hora de mostrar seu valor. Deixe seu escudo de lado, empunhe a espada e prove que Júpiter é maior e mais poderoso que esse deus solitário que abandonou essas crianças e essas mulheres! Soldados, deem uma espada para o prisioneiro.

Aquela humilhação pública incitou ainda mais a ira de Túlio. Como jamais desobedeceria às ordens de seu comandante, retirou sua espada da bainha e se dirigiu ao centro da arena improvisada. Seu oponente, no entanto, não reagiu. Por não saber usar aquela arma tão bem quanto os romanos, treinados desde cedo nas artes da guerra, Alexandre nem sequer tomou-a nas suas mãos, deixando-a no chão a seu lado.

- Vamos, pegue a espada! Onde está sua ousadia agora? - esbravejou Túlio. - Se eu vencer, tomarei a judiazinha como escrava! Chegue mais perto para ouvir tudo aquilo que pretendo fazer com ela...

Em qualquer outra ocasião, aquela provocação teria funcionado, mas o ódio que Alexandre sentia daquele romano era tanto que mal ouviu suas palavras. Sabia que não passava de um truque para distraí-lo. De qualquer forma, ainda que escolhesse não cair na armadilha do centurião, jamais poderia enfrentá-lo com a força física. Então, utilizando-se das palavras, a única arma que tinha ao seu alcance, disparou:

- Da última vez que chequei, meu registro era de um cidadão de Roma. Como todos vocês romanos, criadores do Direito, bem sabem, não posso ser sentenciado a uma luta desigual sem que seja levado a um tribunal e receba um julgamento justo!

Mas para o general e para o povo ali reunido, pouco importava se Alexandre era mesmo um cidadão romano como eles: estavam interessados em diversão barata, em testemunhar mais uma execução. Tudo o que desejavam era ver Túlio ferindo seu oponente até que não houvesse mais reação. Diante daquela cena da mais pura selvageria, Hadassa estava em pânico. Não podia perder seu amado daquela forma, depois de terem lutado tanto pela sobrevivência.

– Esperem! – O brado de Teres soou do meio da multidão, vindo da direção onde se encontrava a família de Ettore. – Alexandre é meu senhor, e ele não pode lutar. Não foi preparado para isso. Que honra teria um centurião ao vencer um jovem que jamais empunhou uma espada? Como a lei romana permite que um escravo possa lutar no lugar de seu dono, disponho-me a combater em seu lugar!

– Vejo que, embora sejam bárbaros, são admiradores da mais bela instituição romana, o direito – Tito afirmou. – Por essa razão, façam como quiserem, mas comecem logo a luta antes que minha paciência se esgote! Para que o confronto seja ainda mais emocionante, se o trácio vencer, ele e o grego estarão livres, assim como essas mulheres e as crianças. Se morrer, o grego também será morto, e os judeus, escravizados outra vez. Mas se o vencedor vacilar em tirar a vida do derrotado, ambos serão mortos. Aqui não há regras nem misericórdia, apenas a sentença impiedosa da espada!

Buscando no chão a espada que estava ao lado de Alexandre, Teres se virou para Túlio e a levantou. O centurião repetiu o movimento. Avançando pelo corredor formado pela plateia alvoroçada, o trácio tomou toda a velocidade que pôde antes de dar um salto para a frente, esticando-se de costas para o chão, e projetou seus pés na direção das sandálias de Túlio, que, surpreso pelo movimento inédito, desequilibrou-se. O soldado romano então caiu sobre a espada de Teres, que o aguardava em pé.

Ouviu-se um grande baque, logo abafado pela algazarra da multidão, que estava dividida: parte dela gritava pela alegria que o entretenimento proporcionava, enquanto alguns, tendo perdido as apostas, suspiravam cabisbaixos. Os dois corpos ficaram imóveis um sobre o outro por algum tempo, mas a espada ensanguentada atravessando o corpo do romano apontava para o céu, não deixando dúvidas quanto ao vencedor da peleja.

Tombando de lado, Teres se desvencilhou do peso do corpo inerte e se levantou, ovacionado pelos presentes. Tito, insatisfeito com a morte de seu centurião, não parabenizou o vitorioso. Apenas deu as costas para a arena e, enquanto seus soldados recolhiam rapidamente o cadáver de seu compatriota, retornou ao palácio sem alarde.

Tudo estava acabado. Sentindo-se vingada pelas ameaças que tinha ouvido do centurião, Hadassa suspirou aliviada ao ver que toda a sua humilhação tinha agora se voltado contra seu agressor.

40
Esperança

Ainda no meio da multidão, Alexandre correu ao encontro de sua amada. Para os dois, era como se o tempo tivesse parado e nada mais existisse à sua volta. Naqueles braços, Hadassa encontrou o refúgio que procurava havia tanto tempo, e sentiu-se abraçada também pelo pai, pela mãe e por todos aqueles que havia perdido.

– Seu sofrimento chegou ao fim, Hadassa. – Sussurrou Alexandre, cheio de ternura.

Aquele abraço, que poderia muito bem ter sido eterno, foi interrompido por uma voz de menino:

– Chega de abraços! Estava com saudades de você, Alexandre, e de Aktina também. Quando vamos cavalgar juntos de novo?

– Assim que possível, Benjamin. Assim que possível.

Alexandre sabia que, a partir daquele dia, jamais ficaria longe de sua amada outra vez. Então, afastando-se dela por um momento, sentiu que precisava agradecer à única pessoa que tinha tornado tudo aquilo possível.

– Teres, estarei eternamente em dívida com você por essa atitude tão nobre. Ter arriscado sua vida para se colocar em meu lugar faz de você parte de minha família para sempre. Minha casa sempre será sua. Minha gratidão será eterna.

– Jovem Alexandre – respondeu Teres com sua voz grave e inconfundível –, apenas retribuí algo que você já tinha feito para mim na prisão. Ainda não tivemos a chance de conversar sobre isso, mas sou-lhe grato por ter me livrado do cativeiro.

Os dois se abraçaram, dando tapas nas costas um do outro.

A crueldade romana, a fome, a guerra e os massacres eram lições que não seriam esquecidas. Por mais que lutassem contra, a imagem dos corpos sem vida de famílias inteiras estaria gravada em suas mentes para sempre. E, embora cada um daqueles sobreviventes tivesse sua própria história de sofrimento, aquele encontro os enchia de paz.

Como havia coisas demais que os unia, o grupo decidiu passar algum tempo com a família de Ettore em seu navio. Foram dias de bastante tranquilidade e comemoração, porque Benjamin, incentivado por Alexandre, participou de diversas corridas de cavalos. O menino venceu todas as várias disputas intermediárias e também a grande final.

– Benjamin, não há como negar que você nasceu para isso. Tenho uma surpresa para você. Aktina agora é seu – disse Alexandre, dando ao menino um motivo para sorrir em meio a tantas dores.

Naquela noite, aproveitando que todos estavam reunidos para jantar, Alexandre anunciou que ele e Hadassa se casariam assim que possível.

– Eu sabia! Eu sabia! – gritou Benjamin.

A notícia encheu de alegria o coração de cada um ali presente.

Quando anoiteceu e todos estavam dormindo, Alexandre e Hadassa se encontraram na proa do navio, ainda ancorado em Cesareia. Haviam combinado de ficar um pouco a sós.

– Minha amada, não vejo a hora de chegarmos a Lindos. Seremos muito felizes lá. É uma cidade ótima para criar nossas duas filhas.

– "Duas filhas"? Como você pode ter tanta certeza de que teremos duas meninas? E se forem dois meninos? Ou três, ou quatro?

– Amarei cada um deles, não importa quantos sejam. Mas, ao imaginá-los, sempre penso em duas menininhas.

– Tudo o que mais quero é dá-las a você. Além, é claro, de um pequeno Alexandre! – Disse Hadassa, na tentativa de conseguir mais um sorriso do amado. – Eu vou para onde você for. Morarei onde você morar. Viverei onde você viver. Meu coração sempre foi seu e sempre será.

E então ela pegou na mão a sua pedrinha e pediu que Alexandre entregasse a dele. Juntando as duas na mão direita, olhou para o horizonte e arremessou-as ao mar. Antes que seu futuro marido esboçasse qualquer reação, explicou com sabedoria:

– Essas pedras eram um símbolo do nosso amor e da luta para que nos encontrássemos outra vez. Agora, que não precisamos mais levá-las conosco, sempre saberemos onde estão. Afinal, o que elas simbolizam está presente aqui e aqui – disse, tocando com a ponta dos dedos o peito dele e o seu próprio.

Alexandre sorriu, indicando que tinha entendido perfeitamente o valor daquele gesto, e, voltando seu olhar para o horizonte, perguntou detalhes sobre como Hadassa tinha conseguido lidar com tantas perdas:

- Embora eu já conheça a história de como vocês sobreviveram, não posso deixar de perguntar o que fez com que você optasse pela vida, apesar de tanto sofrimento. De onde veio a força para contrariar todos os outros e não se entregar?

- Talvez um dia eu conte a você todos os detalhes, mas, por enquanto, há uma única coisa que você precisa saber.

Com muito carinho na voz, Hadassa pegou as mãos de Alexandre entre as suas e disse, suavemente:

- Sempre há uma saída.

Minha caminhada

Nestas páginas finais, decidi contar um pouco da minha história de vida e do motivo que me levou a escrever este livro. Não desejo com isso mostrar que meu sofrimento foi maior que o das outras pessoas, porque provavelmente não foi. Meu objetivo é, de alguma forma, ajudar quem sofre.

Nasci numa família muito pobre e sou o segundo filho de cinco. Quando eu tinha um ano e oito meses, minha mãe não suportou mais o excesso de trabalho e a falta de dinheiro e me entregou aos cuidados da minha avó materna.

Seu cansaço extremo era compreensível: meu irmão mais velho tinha três anos, e o terceiro filho ainda nem completara um ano. Éramos três bebês necessitando de cuidados constantes, além de uma enorme carga de trabalho como cabeleireira e todas as tarefas de uma casa para dar conta. Pelos relatos de minha avó, já falecida, sofri muito no início, pela rejeição que sentia ter sofrido.

Com o passar do tempo, a rotina na casa de meus avós fez com que eu me sentisse novamente acolhido e amado. Parei de sofrer e comecei a reagir, tornando-me um menino feliz. Um ano depois, quando as condições financeiras de meus pais haviam melhorado e meu irmão mais velho já estava um pouco mais independente, minha mãe voltou para me buscar, mas, como eu já estava acostumado com meus avós e quase não me lembrava do convívio com o resto da família, chorei durante todo o caminho no ônibus de volta para casa.

Aquilo ficou gravado em minha alma como uma segunda grande experiência de rejeição, e cada vez que aquela sensação avassaladora voltava, era acompanhada de muito sofrimento. Pode parecer exagerado aos olhos de alguém de fora, mas tudo isso é bastante familiar para mim. Qualquer rejeição, crítica ou falta de consideração era entendida por mim como um "não quero você", trazendo à tona todas as rejeições anteriores.

Para me proteger, aprendi a esconder meus sentimentos, e me fechei como um cavaleiro dentro de uma armadura de aço. Evitar o apego era uma forma de não ser rejeitado de novo e nunca mais sentir tudo aquilo outra vez, então aprendi a ser frio, a não construir vínculos, a ficar só.

Foi nessas ocasiões que a morte se aproximou - e me rondou várias vezes, como se quisesse ficar por perto.

E então comecei a gostar de fazer coisas arriscadas. Quando eu era adolescente, percebi que ninguém na escola era mais alto ou mais magro que eu. Tornei-me, então, alvo predileto de *bullying*, sofrendo diariamente agressões psicológicas e até físicas, apenas por ser quem e como eu era. Minhas já antigas companheiras, a rejeição e a dor, tinham voltado com força.

Os xingamentos que ouvia eram muitos: perna de vela, vara de catar laranja, espanador da lua (meu cabelo era arrepiado), urubu branco, mingau, múmia branca, taquara, branquelo azedo e tantos quanto a crueldade e criatividade humana permitiam. Além, é claro, das ameaças: "Vou te pegar na saída", "Vamos deixar você pelado para iluminar a cidade", "Vamos socar a sua cara"...

Meus amigos mais próximos, que também tinham se tornado alvos fáceis, deixaram de conversar comigo: "Você é amigo do urubu branco? Olhem esse coitado, ele vai ficar branquelo como o 'perna de vela'".

Foi aí que comecei a sentir que a vida para mim não valeria a pena, e meu objetivo passou a ser parar de sofrer e deixar de me sentir uma aberração. Foi aí que a morte se aproximou de verdade: andando na beirada da rua, quando um caminhão passava eu me aproximava ao máximo para sentir a carroceria passar bem rente a mim. Protagonizei também outras situações arriscadas nas quais, por um segundo, poderia ter perdido a vida.

Naquela época, tinha aprendido na biblioteca pública a fazer experiências científicas com produtos químicos, e, em vez de brincar com os amigos, eu me isolava na biblioteca ou no meu "laboratório" embaixo de casa.

Na escola, numa das pouquíssimas vezes em que tentei dançar numa festa de aniversário, meu convite não foi aceito porque a menina disse que eu era muito alto. A forte sensação de rejeição que me invadiu quase me fez chorar e passar vergonha na frente de todos os que estavam ali. Sofrendo por ser diferente, tentei chamar outra menina depois de uma meia hora, e ela me disse que não daria certo, que não conseguiria me abraçar. Mas mesmo assim preferiram ficar sentadas a dançar com o "perna de vela". Doía muito ser excluído. Aquilo me fazia acreditar que ninguém jamais ficaria comigo ou seria meu amigo. Eu seria solitário para sempre.

Nada tinha graça. Não havia saída. Então por que continuar vivendo?

À noite, no meu quarto, quando deitava na cama, virava de frente para a parede e chorava em silêncio, pois meus irmãos dormiam no mesmo quarto e eu não queria ter de explicar nada. Muitas vezes o sono chegava em meio às lágrimas.

Perto dos catorze anos, comecei a me interessar mais pelo tema do suicídio e lia curiosidades sobre a morte em minhas idas à biblioteca. Eu queria saber como morrer de forma rápida e indolor - de preferência, de modo que meu corpo desaparecesse totalmente, para que meus pais não tivessem que lidar com isso.

Sou grato a Deus por nunca ter tentado de fato tirar minha própria vida, já que as ideias para realizar meus intentos tinham começado a ficar muito mirabolantes e com certeza surtiriam efeito.

Só muito tempo depois, quando tive filhos, senti que poderia ser amado de verdade, que poderia ser o "melhor pai do mundo", que poderia contar histórias e ser admirado por isso. Eu finalmente poderia seguir em frente.

Pouco antes de cursar minha primeira graduação, matemática, tive uma experiência única, particular e muito pessoal com Deus, e isso foi determinante na minha vida, porque comecei a acreditar que eu poderia ser transformado. Mas ainda esperava a transformação. Depois me formei também em psicologia, curso que me ensinou maneiras de lidar com a dor, a baixa autoestima, o desprezo e a manipulação que os outros maliciosamente faziam dos meus sentimentos. Aprendi a olhar para dentro de mim e perceber que eu tinha valor.

Mais tarde, fiz especializações nas áreas de educação, formação de professores e criação de filhos, como uma forma de perpetuar meus conhecimentos e de agradecer a Deus pelas transformações que estavam ocorrendo comigo. Aos poucos desenvolvi um jeito de ensinar às pessoas como dar significado à vida mesmo em meio ao sofrimento, e não "apesar de sofrer".

Aos 39 anos, decidi fazer um curso em Israel e acabei tomando conhecimento sobre o grande educador e psicólogo judeu Reuven

Feuerstein e sua história. Com ele, aprendi que a qualidade das interações pode transformar vidas, e comecei a pesquisar, aprofundar e aplicar todo esse conhecimento nos temas ligados às minhas palestras a professores e pais. Nessa época, senti que o verdadeiro amor ainda estava me aguardando, que tinha enfim me tornado merecedor dele. Admitir isso ainda era muito novo para mim, mas foi um dos primeiros passos para a mudança interior.

Ainda em Israel, tive a oportunidade de visitar alguns lugares históricos, e numa dessas ocasiões o casal de amigos Marcia Macionk e seu esposo, o israelense David Ron Sasson, me levou para conhecer Massada. Era verão, e o sol trucidava qualquer ânimo de andar e visitar todos os edifícios e ruínas do lugar. Mas foi ali que, através do David e do discurso animado de um guia turístico, que eu soube que aquela montanha fora testemunha de um dos suicídios coletivos mais impactantes da história.

Estremeci. Um filme da minha vida inteira passou na minha mente, afinal o suicídio tinha voltado a conversar comigo, mas sob uma nova roupagem. Não da forma como eu buscava, com o desejo ou a curiosidade que eu sentia pelo tema, mas como fonte de conhecimento para que eu pudesse retribuir às pessoas o presente que tinha recebido de Deus: a vida. Eu, que antes pensava que a vida não fazia sentido, ansiava por torná-la cada vez mais plena e passar essa mensagem adiante. Sonhava todos os dias em poder explicar ao mundo que o significado da vida não vem depois do sofrimento, mas com ou sem ele - ou seja, independentemente da profundidade da nossa dor.

Depois daquele verão, em 2000, comecei a pesquisar sobre suicídio de forma mais científica e responsável. Li muito sobre Massada, sobre os judeus e sua história, sobre os romanos e sua sanha por ampliar seus domínios. Fiquei abismado ao perceber que quase ninguém no Brasil sabia sobre esse fato tão importante na história da humanidade. Um "tapa na cara" da morte. Um grito de liberdade, de honra e de glória de um povo que não desistiu de lutar pela vida. Um aviso de jamais permitir que sua liberdade seja tolhida, sua honra seja desprezada ou sua glória como povo seja aviltada.

Com minhas pesquisas, percebi que aquilo podia ser aplicado à vida de cada um de nós. Nenhum ser humano deveria permitir que sua liberdade, sua honra, seu valor e seus princípios estivessem nas mãos de outra pessoa. Compreendi que a dor a nós infligida não pode justificar a ausência de sentido, a impossibilidade de sonhar com um futuro mais digno. Nenhuma pessoa tem o direito de nos tirar o significado da vida, seja o chefe, um amigo, o cônjuge, um professor, um político, um parente ou ainda um agressor. A manipulação é uma forma de domínio inescrupuloso – um cerco romano à sua montanha, um exército inimigo afrontando sua fortaleza. É preciso encontrar uma forma de acabar com essa profunda falta de vontade de viver, com essa ausência de significado. Acreditem, é possível.

A essa altura, começava a me sentir digno de ser amado integralmente, de conhecer a sensação de ser admirado, desejado e honrado. Aprendi que isso não se conquista sem luta, sem persistência, sem sofrimento ou sem buscar sua essência com o mais profundo de sua alma. Nunca almejei que minha caminhada servisse de modelo para alguém, mas com ela eu aprendi que a vida vale a pena, que é preciso lutar até o fim e buscar, dia a dia, minuto a minuto, um sentido.

Foi então que a vida me presenteou com o amor verdadeiro: minha esposa Jeanine, minha Nina, que me ensinou que é possível ser amado de forma plena, com todas as imperfeições, vergonhas, dores e tristezas. Nós dois baixamos totalmente nossas defesas e nos abrimos um ao outro, descobrindo que é possível amar e ser amado por completo. Seu amor me curou.

Nina foi uma grande incentivadora à minha escrita, e seu apoio tornou esta obra real. No entanto, não foi fácil escrevê-la: foram intermináveis leituras, pesquisas e conversas. Estudei *storytelling*, fiz cursos, participei de grupos de escrita criativa e aprendi sobre a arte de escrever roteiros. Voltei a Israel, dessa vez acompanhado da minha esposa, e visitamos Jerusalém e Massada, lugares onde Hadassa e Benjamin teriam estado. Eu queria andar por onde Hadassa teria andado, sentir o sol que teria queimado sua pele, respirar o mesmo ar que ela teria respirado naquela montanha onde parte de sua família fora assassinada, mas onde Hadassa começara a trilhar seu verdadeiro destino: ser feliz. Eu precisava dessa "Hadassa" interior que me fizesse acreditar no amor e na cura que ele promove, então a jornada daqueles sobreviventes começou a fazer ainda mais sentido e tomar corpo em mim.

Vinte anos depois do primeiro impacto que tive com a história de Massada e daquele pequeno grupo de bravos judeus, meu livro está completo. E minha própria história achou um sentido mais profundo de se manifestar: o de ajudar, de alguma forma, aqueles que sentem que suas vidas estão cercadas por um poderoso inimigo e que não há como escapar. Para todos esses, posso dizer do fundo do coração que sim, sempre há uma saída.

Agradecimentos

À minha esposa, Jeanine Rolim de Moura Meier, que com seu amor me fez acreditar que a vida realmente vale a pena e que eu poderia escrever uma obra cuja mensagem de esperança tocasse o coração daqueles que sofrem. Ela, que viveu esse sonho comigo, sorriu e chorou a cada linha e a cada ideia construída - muitas vezes em conjunto. Foi meu suporte e minha esperança em tudo. Além de ler diversas vezes os originais com amor e sensibilidade, sugeriu mudanças com delicadeza e me encorajou a prosseguir nessa jornada de escrita.

Ao casal Marcia Macionk e David Ron Sasson, por terem nos acolhido em Israel e nos levado com tanto desprendimento e alegria a cada um dos lugares nos quais Hadassa poderia ter vivido. Mais que amigos queridos, foram verdadeiros entusiastas deste livro.

Ao professor Szyja Lorber, pelas correções referentes aos costumes judaicos e aos fatos históricos do primeiro século. Os possíveis equívocos são de minha responsabilidade, que ampliei a obra após a leitura dele. Lorber é professor de história, jornalista e um grande especialista nos conflitos do Oriente Médio. Sua ajuda na ambientação do romance foi fundamental para o texto final.

A James McSill e sua equipe, por terem me ajudado a consolidar os ensinamentos de Robert McKee, grande roteirista americano e um dos maiores professores de *storytelling* do mundo.

A Kehilá Paraná - a Comunidade Israelita do Paraná -, na pessoa da Danielle Sommer, por encaminhar minha obra para ser corrigida pelo professor Szyja Lorber.

Ao Anderson Cavalcante, que há muitos anos me disse que os romances históricos teriam muito público no Brasil e que eu deveria escrever o meu. Esse incentivo me fez colocar em prática meu sonho.

À equipe da editora Buzz, que transformou a história de Hadassa num livro tão bem-feito.

A um grupo especial de leitores atentos que apontaram falhas, erros de continuidade e uma série de outros detalhes, aumentando assim a qualidade da narrativa. Cada um deles fez observações muito apropriadas e contribuiu com sua forma particular de enxergar o mundo, a vida e, em especial, meu texto. Saibam que meu coração é muito grato por todo o trabalho que tiveram. Gostaria de poder destacar a participação de cada um, mas, para não correr o risco de cometer injustiças, citarei apenas seus nomes. Meus filhos Martin, Rebecca e David, e outros parentes e amigos maravilhosos que se dispuseram a ler com atenção e sugerir mudanças: Alessandra Garcia, Allessandra A. C. Nottar, Aron Cunha, Eliel Rolim de Moura, Enio Krajden, Fabio André Rolim de Moura (o grande poeta Bioca), Gabrielle Websky Meier, Jeff Meier, Kennedy Meier, Luís Fernando Milléo (Fefo), Marden Machado, Maria Rafart, Marilena Krajden, Nicolle Muraro, Ricardo Dellamea e Silas Fernandes.

À minha mãe, Jane Dagmar Meier, e aos meus irmãos Jeff, John, Audrey e Kennedy, que souberam me amar mesmo na adolescência, quando eu ainda não havia aprendido que "sempre há uma saída".